おもてなし2051

みらい・ニッポン・観光地化計画

JN106269

カワカミ・ヨウコ

みらい PUBLISHING

目次

第1章　2051年、東京、ふくしま

第2章　おもてなし愛

第3章　未来へ

第1章

2051年、
東京、
ふくしま

プロローグ

二〇五〇年。

日本の人口はおよそ九六〇〇万人。観光立国として成功を遂げ、毎年約一億人の外国人観光客を招き入れている。東京の人口は約九〇〇万人であり、毎年約九〇〇〇万人の外国人観光客がこの都市を訪れる。東京と並んで福島も人気の観光地であり、訪日外国人の数では東京に劣るものの、毎年約六〇〇〇万人が浜通り地区を訪れている。観光の動機はおもに福島第一原発の廃炉作業を見物することにある。福島第一原発は「イチエフ」の呼び名で世界に知られ、アウシュビッツやアルカトラズ刑務所、チェルノブイリ原発事故跡や真珠湾のアリゾナ記念館、広島原爆ドームなどと並び、世界の負の遺産を巡るダークツーリズムのスポットのひとつとして高い人気を誇っていた。ちなみに「イチエフ」は二〇三九年の秋から刑務所になっており、受刑者たちに更生をかねた廃炉作業を担わせている。

1　2050年、大みそか、東京

あと一時間足らずで2050年も終わり、2051年の幕が明ける。

大みそか限定の寿司ロールが出来上がったというシェフからのメッセージが、私の頭に装着したヘッドセットに届いた。急いで厨房に向い、皿を受け取る。伊勢海老と揚げ餅をほうれん草の湯葉で巻いた巨大な海苔巻きは、新年を祝うのにぴったりの贅沢な一品。私は皿をカートに並べると、フロアーのお客様に声かけを始めた。

「大みそか限定の『年越しロール』はいかがですか？　伊勢ロブスターとライスケーキをほうれん草の湯葉で巻きました。東京で新しい年を迎える記念に、おひとついかがですか？」

あっという間に四組のお客様が手を伸ばしてくださった。ヴェトナム人ファミリーとクロアチア人のお友達二名様、カナダ人のご兄弟に、コスタリカ人のご夫妻。見た目だけでは分からないお客様の国籍や詳細な人間関係のデータを、私の頭のヘッドセットが伝達してくれる。

「お飲み物はいかがですか？　『年越しロール』には日本酒がよく合いますよ。久保田。八海山。獺祭。南部美人。ノン・アルコールでもご用意しておりますよ」

「南部美人をノンアルコールでお願いね」

「かしこまりました」

私はさっそく一升瓶から二つのグラスにノンアルコールの南部美人を注ぐと、コスタリカ人のご夫妻の前にセットした。続けてヴェトナム人ファミリーのお父様から、八海山のご注文を受けたので同様にグラスに注ぐ。カナダ人のご兄弟とクロアチア人の二名様は、アルコールは苦手だとおっしゃるので、代わりにマンゴー緑茶をおすすめすることにした。マンゴーの爽やかな風味が伊勢海老の寿司ロールとぴったりだから。

「年越しロール」は順調に売れ行きを伸ばし、ホールを回るたびに数を減らしていった。私の頭のヘッドセットに埋め込まれたＡＩがチップの計算をしてくれて、耳もとでそっと金額を教えてくれる。レストランはお客様が召し上がったお料理の合計金額の二十五パーセントをチップとしてウェイトレスに支払うことが、国際法で義務づけられているから、年に一度の年越しイベントの今宵はたった一晩でひと月分のお給料と同じくらいのチップが手に入るんだ。これはもうテンションがあがるね。

私はいったん厨房に戻ると、箸とナプキンと取り皿をカートに補充した。厨房では四十人のシェフたちが、戦争のような剣幕で調理と格闘していて、鍋から跳ねる油や釜の湯気にまじって大声が飛び交っていた。

「斗夢《とむ》さん、カリフォルニア・ロールのアボカドが足りません！　至急こっちに回してください」

「オーケー。それ、十分以内に仕上げられる？　六十番テーブルの追加注文が遅れているんだ」

「みんな急げ！　もうすぐ年が明けるぞ。カウントダウンまでに間に合わせるんだ」

「ジュジュさん、その寿司桶持って行ったら、もう一度こっちに戻ってきて！　歌手がもうスタンバイしているから大至急ね」

「はい、了解です」

私はデシャップ・カウンターにずらりと出された寿司桶を受け取って、急いでカートにのせた。横目で厨房の脇を確認すると、年越しイベントの主役である歌手たちが控室のドアの前にすでに並んでいた。あと十分でニュー・イヤー・ショウが始まるんだ。今夜のために設えたステージで、五十人の女性歌手たちが初日の出まで歌い続ける。曲目はすべてニッポンのオールディーズ。新しい年を祝うのに、なぜか大昔の歌を持ってくるところが、この店の演出のにくいところ。今年もまた彼女たちの歌を聴けると思うとわくわくする。そうか、もう一年たったんだ。去年初めて聴いたときは、昔のニッポンの曲はおかしなのばかりだなと思ったけど、なぜだか不思議と好きになった。

紹介が遅れたけど、私の名前は桃ノ井樹々《もものいじゅじゅ》。みんなからはジュジュって呼ばれている。私もその方が気に入っている。モモノイはなんだか獣っぽい響きだしね。銀座にあるこのジャパニーズ・レストラン「まきや」で働き始めたのは高校最後の冬休みで、卒業してからはアルバイトの身分から晴れて正社員のクルーに抜擢された。私の家族は、私が中学生の時にお父さんが亡くなってしまったから、お金に困らずに生きていくためには、おもてなしの仕事をするのが一番だ。なぜって、外食産業は福利厚生がしっかりした業界だから、正社員のクルーになるとたくさんの「おもてなし手当」がもらえるんだ。私はもう二十歳だから「おもてなし年金基金」にだって加盟できる。ネンキンなんていう特権、この国でもらえるのはエライ政治家か観光業界の人間しかいないから、みんなが言うには、私は遠い将来までアンタイなのだそう。

だけど正直、遠い将来のことよりも、私は今この瞬間のおもてなしを考えることの方がずっと大事で楽しい。あと数分で年が明ける。年越しイベントに向けて私たちクルーは、お料理はもちろんテーブル・セッティングから壁のイルミネーションに至るまで、ひと月前から入念に準備してきた。特設ステージだってAIの手など借りずに、みんなで力を合わせてハンマーで組み立てたんだ。だから最高のイベントにしたい。

柏木店長が軽快なアナウンスの声で、さあカウントダウンを始めますと告げると、店内の照明が七色に輝いた。クルーが右手を空にあげて数えるポーズをして盛りあげると、お客様たちは待ってましたとばかりに歓声をあげてくださるノリの良さ！　この一体感がたまらない。

「スリー、ツー、ワン！」

「ハッピー・ニュー・イヤー！」

日本酒のグラスを触れあわせる音がホールのあちこちに響いた。世界中から銀座に来てくださったお客様は、笑いながらハグやキスを交わしたり、クルーの私たちにまでハグしてくださったりするのだから、こんなにハッピーな瞬間はない。

おもてなしが人種も国籍も超えて今、世界をひとつにしたんだ！

２０５１年の幕が開けた！

年が明ける瞬間が、私は大好きだった。すべてが新しくなったような気がするから。まるでこの瞬間から、体の細胞まで新しく生まれ変わるようで清々しい。おもてなし細胞というものがもしあるとすれば、今、私のそれは活性化しているはずだね。

派手な音楽に迎えられて、ステージに歌手たちが登場した。グループ名は「オリエンタルズ」。女ばかりで構成された生身の人間の元アイドルたちだ。

「みなさーん、あけましておめでとう！　準備はいいかーい？　盛り上がって行こーう！　初日の出までぶっ飛ばすぞー！」

語尾を伸ばした口調で声を張りあげたのは、サヤカさんという「オリエンタルズ」のリーダーだ。続いてドラムの音が始まるのとお客様が歓声をあげるのがほぼ同時で、みなさま腰を振ったり手を叩いたりされて曲に乗り、なんと昔の日本語の歌詞なのに口ずさめる方もいらっしゃる！　知らなかったけど「オリエンタルズ」は昔、日本を始めとしたいくつかの国々ではかなりの人気を誇っていたそうで、アイドルの一時代を築いたとまで言われる存在なのだとか。今の時代はアイドルといえばアンドロイドが主流だから、つまり昔の人たちは、人間なのにアンドロイドになりたがっていた、ということなのかな？言われてみれば確かに、「オリエンタルズ」のパフォーマンスはアンドロイドを真似ているようにも見えた。五十人が全員で声を合わせて歌い、全員が同じ振り付けで踊り、しかもみんな同じミニスカートにジャケットに頭には同じ大きさのリボンという、まるで五十体のクローンのようにコスチュームまで揃えていた。「まきや」の年越しイベントに世界中からお客様が足を運んでくださるのは、きっとこの不思議なグループをみんな一目見たいからなのだろう。

「不思議でしょう? 昔の日本人はね、なんでもみんなと同じにするのが好きだったのよ。ジュジュちゃんみたいな若い世代の子には、考えられないでしょうけどね」

私の背後からステージを眺めながら、クルーの先輩である理奈おばちゃんがそう言った。「おばちゃんも、昔はあのグループの中で歌っていたんですよね?」

「そうよ。リーダーのサヤカの隣があたしのポジションだったのよ。あたしはアイドルを辞めたけど、みんなはまだ頑張って続けている。リスペクトするわ」

うっとりしたような理奈おばちゃんのため息が聞こえた。理奈おばちゃんこと、小柳理奈さんは明るくて気配り上手な頼れる存在で、柏木店長をはじめクルーみんなから慕われていた。おばちゃんの年齢は五十五歳だけど、どこから見ても私と同じ二十歳に見えた。それは今年で結成四十年目を迎える「オリエンタルズ」のメンバーも同じで、ミニスカートがよく似合う引き締まった体形もきらきら輝く白い顔も、みんな二十代に見えた。彼女たちが永遠の若さを維持できるのは、芸能人とかつて芸能人だった者だけが飲むことを許可されたプロテイン「レヨンダ7」を厚労省から処方してもらっているからだ。

処方箋代が高すぎるせいで、芸能事務所がアイドルを生身の人間からアンドロイドに変えたという話は、誰でも知っている話だけどね。

「さっそくオーダーが入ったから行ってくるわね。ステージ効果だわ」

理奈おばちゃんは嬉しそうに「おもてなし、おもてなし」と呟くと、ユニフォームの着物の袖をたくしあげて、お客様のテーブルへと急いでいく。ちょうど私のヘッドセットも三十五番テーブル様からの呼び出しサインを受信した。

お客様にはふたつのタイプがあって、ステージが盛り上がると食べることなど忘れてひたすら音楽に聴き入られる方と、逆に食欲を増される方がいらっしゃる。後者のお客様はまるで映画に熱中するとポップコーンがすすむように、曲が進むにつれてお料理の追加注文を連発してくださるから感謝、感謝。私たちはそれをステージ効果と呼んでいた。

さっそく向かった三十五番テーブルは、ポーランド人の女性二名様。彼女たちはベジタリアンで、しかも女同士の恋人関係にあるという情報をヘッドセットが受信して、私の頭に伝達してきた。

「寿司ロールのおすすめはあるかしら？」

「いんげん豆とキャロットの寿司ロールなどはいかがでしょうか？」

「キャロットは苦手なのよ」

「それでは、ピーナッツバターで和えた、ほうれん草と赤パプリカとドライトマトの寿司ロールなどはいかがでしょうか?」

「それをいただくわ。あと、レモンがたっぷり入ったアイス緑茶もお願いね」

「かしこまりました」

私はポーランド語をすらすら話していた。ヘッドセットを介せば、世界中のどんな言葉でも瞬時に日本語になって私の耳に届き、私が答える日本語は口もとの小型スピーカーを通して瞬時に外国語に通訳される。その変換があまりにも速いものだから、まるで私自身が外国語を話しているような気分になれる。しかもこのヘッドセット、メジャーな言語だけではなくて、ベルベル語などの少数民族の言葉や、訛りの強いフランス語に方言が混ざったクレオール語なんかも完璧に瞬時通訳できるんだって。ヘッドセットはニッポンのおもてなしにはかかせない、魔法の接客ガジェットなのだった。

私は右のこめかみに手を添えてスイッチを切り替えると、厨房に注文を伝えた。料理長の近藤斗夢《とむ》さんが「ベジタリアン寿司、了解です」と答える声に混じって、遠くで油のはねる音や包丁で野菜を切り刻む音などが、ヘッドセット越しに流れてくる。

「彼女たちレズビアンだろ?」

こちらの情報がもう厨房に伝達したらしい。

「ジュジュさん、お二人に食後のデザートをおすすめしておいてよ。『あなた方のためだけに、料理長がサプライズのデザートをご用意します』と伝えて」

「サプライズのデザート？　何ですかそれ？」

「まあ、お楽しみだよ」

「了解しました。気になるなあ」

　私はヘッドセットのスイッチを通訳モードに戻すと、斗夢さんに言われた通りにポーランド語でおすすめした。お二人は「そういうの、ワクワクするわ」と興味を抱いてくださったけれど、内心は私の方が興味津々だ。

　厨房に戻ってデシャップ・カウンターからデザート作りの様子を眺めた。広い天板の上では多くのフルーツが皮をむかれて刻まれていて、斗夢さんの近くでアシスタントのシェフたちが、マンゴスチンや柘榴やかぼすをブレンダーにかけている。新鮮で爽やかな香りが漂ってきて思わずうっとりするけど、ああ、でもデザートばかりに気を取られていてはダメ。私は厨房の四方の壁にぐるりと張りめぐらされた巨大な「ＢＢスクリーン」から、担当テーブルの様子を観察した。

　ＢＢの愛称で親しまれる「ＢＢスクリーン」は、お客様のすべてを見透かす世界最強のおもてなしガジェットだ。店内の各テーブルに飾られた「ボンサイ」の土の中に仕掛けられたカメラとマイクが、お客様の映像を厨房のスクリーンに流す。「ＢＢスクリーン」とテーブルは連動していて、お食事中の会話の一部始終がまるで映画みたいに日本語の字幕になってスクリーン上に表示されるのだ。ＢＢのすごいところは、映像だけでは分からないお客様の**国籍や家族構成、宗教や民族性、政治志向や性的傾向、**

さらには肉食か菜食かまで見抜いてしまうところ。なぜそんなことが可能かと言うと、彼らが日本に到着した際に入国審査で見せるパスポート情報が、空港から日本中の「ＢＢスクリーン」に転送されるからなのだ。おもてなしする側としては、ＢＢのおかげで外国人観光客の特性を事前にすべて把握することができるから、ホテルもツアー会社もレストランも、おひとりおひとりのお客様に合わせた最高の観光プランをご提供できるというわけ。ちなみにＢＢの意味は、「大きな兄弟」という意味らしい。どうしてそんなヘンテコなネーミングがつけられたのかは知らないけど。

「レインボウ寒天ゼリーだよ。どうだい？」

斗夢さんがついに完成したサプライズ・デザートをデシャップ・カウンターに出した。ダイスにカットされたきらきら輝く美しい寒天が、ガラスボールに上品に盛りつけられている。斗夢さんは白いコック服に包まれた腕を冗談めかしてぽんぽん叩いてみせた。

「寒天が虹色になっているんですね、すごい」

「七種類のフルーツで七色に染めて、レインボウ・フラッグを表現してみせたんだ。ＢＢスクリーンの分析によれば、彼女たちはさっぱり系の味が好みだと出ていたからね、きっと喜んでくださるさ」

ＢＢスクリーンは人間の味覚まで分析できるという。宗教や年齢や性別、民族性や政治志向などが、人の食の好みを決定づける要素になるんだって。だからシェフたちは調理の前に必ずＢＢに相談してから味付けを考えている。

私はポーランド人のお二人が寿司ロールを食べ終えた頃合いを見計らうと、「サプライズ！」と言って二つのガラスボールをテーブルに並べた。お二人は目を丸くして少し驚いた後、おおいに喜んでくださる。スプーンで寒天をお口に運ばれると一言、「なんて爽やかなの。私たちが求めていた味だわ」と仰った。こちらが期待した通りのリアクションに嬉しくなる。厨房にいる斗夢さんもスクリーンで様子を見て喜んでいるはずだ。そう、おもてなしの頭脳はすべてＢＢが握っている。ＢＢのおかげで私たちクルーは失敗することなく、百発百中の確率でお客様を喜ばせられる。

ステージでは「オリエンタルズ」が激しいステップを踏みながら、キーの高い声で歌い続けていた。ステージ効果で日本酒の注文がばんばん入り、天ぷらや煮物のオーダーも途切れることなく、伊勢海老を使った高額な「年越しロール」も売れ続けていた。

ようやく東の空が明らんできた。いよいよ初日の出だ。

富士山と生中継を結び「まきや」店内にプロジェクション・マッピングで初日の出を投影する。閉じたエントランスの扉からオレンジ色の太陽が顔を現すと、店は大きな歓声に包まれた。太陽はまもなくホール全体を包み込み、お客様のお顔もクルーの顔も鮮やかなオレンジ色に染まっていく。

「やったー、初日の出だー！　それではみなさーん、これから最後の曲を歌いまーす！　みなさんにとって、２０５１年が最高にハッピーな毎日でありますように！」

リーダーのサヤカさんのかけ声がまぶしく輝く店内に響き渡った。最高潮のテンションの中で曲が始まると、お客様たちも陽気に腰を揺らした。

空になった器を下げて厨房に戻ると、シェフたちが疲れた顔で凝り固まった肩や首を回していた。長かった年越しイベントもうすぐお開きだなと、私もほっとため息をついた時、厨房のＢＢスクリーンが緊急事態を知らせるブザーを鳴らした。

「どうしたんだ？」

シェフたちがざわめく。見上げると、スクリーンが店長室の中の映像をフォーカスしていた。そこになぜか、サヤカさんがいた。

「彼女はステージで歌っているはずじゃないのか？　いったいどうなっているんだ？」

斗夢さんの声に反応してＢＢは巨大な画面を二分割すると、ステージの様子も同時に映し出した。センターで歌っているはずのサヤカさんの姿は忽然と消えていた。初日の出の光がまぶしすぎて、ほかのメンバーもお客様も彼女が抜けたことに気づいていない様子だ。スクリーンの右半分には様々な備品が置かれた店長室を物色するサヤカさんの様子がクローズアップされている。いったいそこで何をするつもりだろうと思ったその瞬間、サヤカさんはデスクで会計処理を行っているアンドロイドに背後から襲いかかると、羽交い絞めにして、その首を力ずくでへし折った。アンドロイドの頭がもげて床に転がる鈍い音が、スクリーンを通して厨房全体に響き渡ると、シェフたちが悲鳴をあげた。

あまりにも一瞬の出来事だったので、みんな呆気に取られていた。

まもなく柏木店長とともに警察官が店の裏口に駆けつけるのが映った。サヤカさんは赤いリボンのポニーテールをふり乱して逃げようとしたけど、あっという間に押さえつけられて手錠をかけられると、裏口につけていたパトカーに押し込まれた。去っていくパトカーの様子から、再び店長室の中に映像が切り替わる。デスクの下に転がったままのアンドロイドの首からいくつもの電極が突き出ている様子がはっきり映ると、私はなんだか気持ちが悪くて、スクリーンから目を逸らした。

「あの人はあんなことをして、誰にも気づかれないとでも思ったのかな？　BBは全能の神だよ。俺たちはいつだって見られているんだ」

「いいや、むしろ注目されたくて、わざとやったのかもしれないぞ。『オリエンタルズ』だか何だか知らないが、今どき人間のアイドルなんか誰からも見向きもされないだろ?」

混乱した厨房の中で、シェフたちは口々に話していた。

「店長命令です。みなさん落ち着きなさい」と柏木店長からの通達が始まった。丸顔にくっきりとした太い眉毛が印象的な店長の顔がスクリーンいっぱいに映し出されると、「侵入者の身柄は拘束されましたので、みなさんは安心して、今から丁寧にお客様をお見送りしてください。こんな事件があったことをくれぐれも悟られないよう最高の笑顔で対応するように」と念押しされた。店長の言う通りだ。おもてなしのプロである私たちは、どんなことがあっても取り乱してはいけないのだ。私は深呼吸をしてからエントランスに立つと、立派な門松の前でお客様おひとりおひとりに心を込めてご挨拶した。みなさまと新しい年を迎えられて光栄です、今年もどうぞ「まきや」をご贔屓に。

お見送りを終えて店内に戻ると、警察官たちが店長から改めて事情を訊いているところだった。「オリエンタルズ」のメンバーは驚きとショックで取り乱してしまう人もいて、店長から「ステージ自体はとりあえず何事もなくやり遂げたのですから、イベントは成功ですよ」と慰められていた。君たちは全曲歌いあげたし、お客様はご満悦だったし、初日の出の光がハプニングをうまく隠してくれました。

「最近の芦田サヤカについて、いつもと変わったところはありませんでしたか？」

警官からの問いかけに歌手たちが首を傾げた。普段通りの彼女でした、久しぶりのステージだったので張り切ってみんなをまとめていましたね、でも少し元気過ぎるような気もしましたけど。

「柏木店長さんや店に対して、芦田サヤカは何か不満を抱いていませんでしたか？」

「とんでもない。人間のアイドルを歌わせてくれる場所を提供してくれるところなんか、今どきめったにないから、むしろ感謝していました」

これには理奈おばちゃんがはっきりと答えた。あたしとサヤカは四十年来の親友で、片方がアイドルを辞めても友情は続いてきたのだと話した。警官はみんなの意見に慎重に耳を傾けると、署でもう少し詳しい話をお聞かせ願えませんかと言った。結局、店長とおばちゃんとメンバーの計五十一人で署に向かうことになり、十三台のタクシーを呼ぶことになった。

「早くプロテインを飲んでおかないと」

歌手たちはバッグからピルケースを出すと「レヨンダ7」のカプセルを口に含み、水で喉の奥に流し込んだ。おばちゃんも同様に慌てて服用している。芸能人と元芸能人だけが飲めるというそのプロテインは半透明のソフトカプセルで、表面に製薬会社の青い文字が刻まれている。「それって、そんなに効くんですか?」と思わず訊ねた。六時間もの長丁場のイベントを終えたばかりだというのに、みんなしゃきっとしている。私の方がむしろ疲れているみたい。

「効果は絶大よ。五十も半ばを過ぎても、疲れ知らずの体でいられるのよ。このまま行けばあたしたち、九十歳になってもステージを飛び回れるわ」

「体からプロテインが抜けないように、一日六回二錠ずつ時間を決めて服用するのよ。アンドロイドになんか負けてたまりますか」

彼女たちは残りのカプセルが入ったピルケースを丁寧にバッグにしまうと、ぴんと背筋を伸ばして外に出て、やってきたタクシーに次々乗り込んでいく。最後のタクシーに店長と理奈おばちゃんが一緒に乗ると、店長は窓から顔を出して、「やれやれ、何はともあれお客様に危害が及ばなくて何よりでしたね」と言った。

私たちクルー一同はタクシーが遠ざかるのを見送ると、改めて互いに挨拶を交わす。

「あけましておめでとう。2051年もよろしくお願いします」

2 ハラール・テーブル

六時間後、クルー一同は再び「まきや」に集合していた。元旦くらいゆっくり休もうなんていう考えは、この業界では通用しない。日本中どこも正月シーズンにどれだけ多くの外国人観光客を呼び寄せられるかに、商売の命運を賭けているんだ。「まきや」も乗り遅れてはいけない。開店三十分前になったので女子更衣室に駆け込むと、ユニフォームの着物に着替えた。私が「まきや」から学んだ日本文化のひとつが着付け。自分で着物が着れらるなんてカッコいいでしょう？

隣のロッカーの鏡の前で背中の帯を器用に結んでいるのは、田辺サーシャだ。サーシャは日本人のお父さんとマレーシア人のお母さんのハーフで、彼女はイスラム教徒だからムスリムのお客様を担当している。民族衣装のヒジャブで頭を覆っていて、それが不思議と着物とよく似合っていた。サーシャのようなイスラム教徒は日本にたくさん暮らしている。十年ほど前に日本の人口は九〇〇〇万人を割りそうになったけど、彼らが移民として来てくれたおかげで日本の人口は現在九六〇〇万人まで盛り返している。ムスリムたちは人口を増やしてくれただけでなく、祖国の親戚を日本に招いて観光客も増やしてくれるからありがたい。なにせ世界の人口の三分の一はイスラム教徒なんだ。観光業界が取り逃がすはずがない。「まきや」もそれが一流レストランの証であるかのように、ハラール対応には余念がなかった。

着付けを済ませて、私はおかっぱヘアの上に、サーシャはヒジャブの上からヘッドセットを装着するといざ、おもてなし。二台の観光バスが銀座の中央通りを下ってくると、「まきや」の前に到着した。一台目のバスからはサウジアラビアの団体様が降りてくる。黒いアバヤで全身を包んだお母様たちや、もっさりした口ひげが特徴のお父様たち、そしてはしゃぐお子様たち。こちらのファミリー・ツアーはサーシャが受け持つ。二台目のバスはブラジル人御一行様で、こちらは私の担当だ。

「お待ちしておりました。『まきや』へようこそ。みなさまお寒いでしょうから、さっそくご案内いたしますね。さあ、こちらへ」

私たちは急いで団体様を中へお通しした。日本の冬は、砂漠の国のサウジアラビア人にとっても、真夏の南半球のブラジル人にとっても凍える寒さだ。両手をこすり合わせてぶるぶる震えながらテーブルにつくお客様のお膝にブランケットをかけると、熱々の緑茶をポットでお出しした。ヒーターの温度をもう少し上げた方がいいかなと、私とサーシャは店の真ん中を流れる川を挟んで相談しあう。川の右岸のテーブルは、豚肉とアルコールが禁止のムスリムのお客様専用エリアで、左岸は何でも召し上がるお客様用のテーブルだ。ちなみにムスリムだけでなくヒンドゥー教徒やユダヤ教徒のお客様も右岸にお通しすることになっていて、ベジタリアンは左岸だ。川で隔てられた二つのエリアを結ぶように赤い太鼓橋が掛かっていて、水面に浮かべた葉っぱの緑と赤い橋のコントラストが和の風情を演出している。

「スパイダー・ロールにドラゴン・ロール、フィラデルフィア・ロールとレインボウ・ロール、それとスパイシーツナ・ロールをお願いします」

両岸のお客様から最初のオーダーを受ける。みなさま「まきや」のことをじつによくご存じでいらっしゃる。そう、店名からも分かるように、当店は巻き寿司が売りの店なのだ。これに加えてブラジル人のお客様は、かつ丼とジンジャー・ポークとバナナ天ぷらも追加された。こちらはバナナを主食とする中南米のお客様向けに当店が考案したメニューで、かつ丼にマンゴーソースを加えたり、ジンジャー・ポーク（豚の生姜焼き）はパイナップルと一緒に炒めたりとフルーティーなアレンジを加えていた。

私は厨房に戻るとBBスクリーンでブラジル人のお客様情報を慎重に確認した。成田空港での入国審査から転送されたデータによれば、今回の御一行様はいくつかの政治団体に所属するグループだそうで、政治思想が異なる人同士がなぜか同じツアーに参加されているらしい。思想の違いによって薄味を好まれる方と、濃い味がお好きな方とに二分されるとBBは分析していて、各テーブルを捉えた映像の上に二種類のマークを表示した。おひとりおひとりに合せてお味の調整をする際の目安になる。

「ところでブラジルの政治とは、どのようなものなのですか？」

私がスクリーンに質問すると、すぐに返事が返ってきた。

二〇五十一年現在、ブラジルは南半球で一番の経済大国であり、福祉国家でもある。経済を重視した政策を今後も継続していくべきか、それとも福祉にもっとフォーカスしていくべきかで国民の意見が真っ二つに分かれている。

「経済大国なんて想像できないよな」

一緒にスクリーンを見上げていた調理長の斗夢さんがそう言ったので、私は高校の授業を思い出した。

「昔の日本も経済大国だったと歴史の授業で習いましたよ。みんな銀座のデパートで買い物をしたり、うちの店みたいなところで食事をしたり、外国人がやっていることと同じようなことを、昔の日本人はしていたそうです」

「そうなのか？　日本人がお客様になったら、いったい誰がおもてなしするんだよ？」

斗夢さんは額の汗をタオルで拭うと、そう言って笑った。

先に出来上がった寿司ロールからテーブルにお運びすると、アルコールの注文を受けた。元旦特製のカクテルはメロンリキュールとライムジュースを割った、その名もミドリ・ジャパン。世界中のリキュールを取りそろえた自慢のバー・カウンターでは、広崎くんがノリよくシェイカーを振っている。シャンパンタワーのように重ねたグラスに緑に輝く液体を注ぐ演出をしたところ、お客様からの受けが大変良く、あっという間に二周目に入った。広崎くんと目が合うと、片方の頬だけ上げてにやりとした笑みをこちらに向けてきた。なんだか醜い笑い方だなと思うけど、たぶん私も同じ顔をしているはず。カクテルほど稼げるドリンクはないのだ。まるでおカネを注いでいるみたい。クルーとバーテンダーはチップで結託している。

「ジュジュ、聞こえる？」

右岸のサーシャから私のヘッドセットに連絡が入った。嫌な予感がする。

「匂いがもう限界なんだけど、なんとかしてくれない？」サーシャの声は苛立っていた。「川の向こうからアルコールの匂いがしてくると言って、サウジアラビアのお客様はご立腹なのよ」

面倒なことになった。左岸でシャンパンタワーを派手にやりすぎたせいか、右岸まで匂いが届いてしまったらしい。だからといってカクテルが秒速で売れている今、ここで中断させるわけにはいかない。「そちらのお客様をなんとかなだめて時間を稼げない？　せめてあと三十分だけ」とヘッドセット越しに答えた私に、サーシャは涙声になって懇願してきた。

「三十分なんてとても無理よ。かつ丼だけでも今すぐに下げてくれない？　豚の匂いまでしてくると言って、私さっきからずっと怒られているの」

「かつ丼の匂いまで分かるの？　ムスリムのお客様は鼻がいいのね」

右岸が大変なのは分かったけど、こちらブラジルのお客様はカクテル片手にかつ丼やポーク・ジンジャーを美味しそうに召し上がっている最中だ。急にお下げしますなんてできない。どうしようと思ったその時、厨房のＢＢで状況を察知した柏木店長が、私たちのヘッドセットに連絡をくれた。

「ヒーターの風で対処します。右岸から左岸に風が流れるように今から調整します。料理長の近藤さんは、即興で何か特別メニューを作ってください」

「了解しました。ただちに取りかかります」と今度は斗夢さんの慌てた声が耳に届いた。十分足らずで右岸のサーシャが、ココア色をした焼うどんを鉄板皿にのせていくつも運んでくるのが見えた。再び斗夢さんの声をヘッドセットが受信する。

「この焼うどんは、クミンとターメリックとカイエンペッパーで味付けしました。醤油もめんつゆも使っていません。イスラムの戒律ではアルコール成分がほんの僅かでも含まれていたらダメだからね。焼うどんの強いスパイスの香りで、かつ丼とカクテルの匂いを気にならなくさせる作戦です。BBの分析によれば、幸い、今回のサウジアラビアの団体様は辛いものが大丈夫だそうだよ。好奇心旺盛で新しい味を食べてみることに抵抗がないんだって」

「ありがとうございます。斗夢さん」私とサーシャは両岸から同時に礼を言った。

作戦は狙いどおりで、ファミリー・ツアーのお父様はご機嫌を直されて、お子様も笑顔になられた。お母様たちは顔を覆ったアバヤの黒い布を片手で持ち上げると、もう片方の手で箸をお口に運ばれた。BBの味覚分析はいつも完璧だ。BBの指示どおりの味を忠実に生み出せる斗夢さんの腕もさすがだった。

私は広崎くんが五周目のシャンパンタワーを用意するのを手伝った。

年が明けてからあっという間に半月が過ぎた。昨年よりも繁盛した今年の正月シーズンに、店長はじめクルーたちは大満足。結局、半月だけでブラジル、サウジアラビア、エジプト、オーストラリア、ヨルダン、アイルランド、イラン、ルーマニア、ケニア、レバノン、カメルーン、キューバ、インドネシア、ベルギー、アフガニスタン、ドイツ、チュニジア、イタリア、メキシコ、フィンランドの団体バスツアーをおもてなしした。

そして、年越しイベントから半月が過ぎて今朝ようやく、サヤカさんが壊した会計アンドロイドが修理から戻ってきたのだった。どこのレストランにも必ず一台は備えてある会計アンドロイドは、たいてい店と同じ名前が付けられているから、うちのは当然「まきや」なのだけど、私たちは親しみを込めてそれを「まき坊」と呼んでいた。顔があどけない表情で可愛かったから。幸い、「まき坊」の中のデータは無事に復元できたので、私たちのお給料やチップが消えることは免れた。だけど折れてしまった首だけはどうにも元通りにならなかったそうで、頭部だけ新しいものと交換することになった。新しい顔になった「まき坊」からは愛嬌が消えて、きりりと抜け目のない顔立ちに変わってしまった。新生「まき坊」はさっそく店長室のデスクにつくと、修理中に私たちが働いていた分の給料とチップの合計額にボーナスを上乗せした額を計算し、まるでこちらを警戒するような鋭い目つきで「あなたの口座へただいま入金いたしました」と告げた。優しい笑顔で「お疲れ様でした」と言ってくれた以前の「まき坊」が恋しいけど、何はともあれチップが消えなかったからよしとしよう。

「ところで、サヤカさんの様子はどうですか?」

帰り支度の女子更衣室で、私は理奈おばちゃんに訊ねた。年越しイベントのあの事件以来、サヤカさんは拘置所の中で取り調べを受けていた。「オリエンタルズ」のメンバーだけでなく、おばちゃんも長年の友人ということで何度も警察署に足を運んでいた。

「それがね、記憶がないのよ。サヤカは何も覚えてないと言うの。ステージから初日の出を見ながらマイクを握っていたところまでしか記憶がないんだって」

「それじゃあ店長室に忍び込んだことも、『まき坊』に襲いかかったことも覚えてないんですか？」

「そうみたいなの。刑事さんに何を聞かれても、ぼうっとしている感じでね。あたしが会いに行って話しかけても、心ここにあらず。まるであたしのことが見えてないみたいだわ」

「どうしちゃったんでしょうね、サヤカさん……」

「あの人のそんな嘘を信じるんですか？」

一緒にいたサーシャが話に入ってきた。頭のヒジャブはつけたままで帯をほどいて着物を脱ぐと、セーターに着替えている。女子更衣室にはサーシャの他にもイスラム教徒のクルーが何人かいた。厨房もホールもムスリムのお客様とそうでない方とでしっかり分けているけど、更衣室の中ではみんなが一緒だ。

「私もそんなの嘘だと思いますね」

斗夢さんの下で働くシェフの駒田さんも、コック服のボタンをはずしながら話に加わった。「あのサヤカさんという人は、店の売上金を盗もうと思って『まき坊』を狙ったんじゃないですかね？」

「だけどコンピューターの専門家でもなければデータなんて盗めないわよ。アンドロイドを扱うのは素人には無理よ」

サーシャがそう言って顎に手を当てて首を傾げていると、駒田さんは続けた。

「サヤカさんは昔の人なのでしょう？　五十五歳だとか。だからデータじゃなくてゲンキンでも入っているると思ったのではないですか？　破壊したら『まき坊』の中からお札や小銭が出てくると思っていたりして」

「お札や小銭？　そんなもの見たことないわ」

「私だってないですよ」

「もうやめて！」

理奈おばちゃんが声を荒らげた。赤らんだ両目に涙をいっぱい溜めている。

「あなたたちがサヤカの何を知っているの？　あの子は嘘をついたりおカネを盗んだりするようなことはしない。リーダーにふさわしく責任感があって思いやりのある子よ。今の若い人たちは人間のアイドルなんか馬鹿にしているでしょうけど、サヤカはアンドロイドなんかよりもずっとスター性のある子だったのよ。アイドルとして自分が世間からどう見られるか常に意識して、自らの行動を律してきた。自分の行動が世間に与える影響を考えなさいとメンバーにも諭してきた。モラルを徹底している子だったの。だから今回のことはきっと何かの間違いよ……そうであってほしい…」

おばちゃんは声を詰まらせて泣き出した。キメの整った白い頬にいく筋も涙が伝い、細い顎へと雫が落ちていく。子供のように泣きじゃくるおばちゃんの顔は、私よりも若く見えた。プロテインの効果なのは知っている。同い年のサヤカさんも他のメンバーもみんな少女みたいに幼い。芸能人はそんなに若く見えないといけないのかな？

「すみません。言い過ぎました」

「私もごめんなさい」

駒田さんとサーシャが謝ると、おばちゃんはようやく落ち着いた様子で、「いいのよ。店に迷惑かかることをしたことは事実なんだから」と言って涙を拭いた。私は場を和ませようとつとめて明るい声を出す。

「とにかく彼女の記憶が早く戻るといいですね。みんな落ち着くし。そうすれば、気が早いですけど、来年の年越しイベントのプランも立てられるじゃないですか」

「ジュジュちゃん。『オリエンタルズ』がステージに立つことはもうないわ。柏木店長が昨日正式に契約解除を決めたの。メンバーたちもサヤカとは縁を切るそうよ。四十年も一緒に歌ってきたのに残念だわ」

「彼女たちの歌をもう聞けなくなるんですか！　リーダーのサヤカさんだけが抜けて、残りのメンバーで来年も歌えばいいのに」

がっかりしたけど、考えてみれば仕方のないことかもしれない。「まき坊」の修理代はどのくらいかかったのだろう？

「四十年も一緒に歌ってきたのに、あっさりとリーダーを切っちゃうなんて、なんだか薄情ですね」

「今の時代は厳しいからね」と言ってサーシャの言葉に理奈おばちゃんは唸った。「人間のアイドルに歌う場所を与えてくれるところなんか、日本中で数える程度しかないのよ。リーダーが事件を起こしてしまったのだから、『オリエンタルズ』の悪い噂が全国に広がらないうちに、サヤカを切るしかなかったんだと思う」

「ねえどうして、おばちゃんだけがアイドルを引退したんですか？　みなさんそこまでしても活動を続けようとしているのに」

私の問いかけに、理奈おばちゃんはふっと小さくため息をついた。

「安定した生活がしたかった、というのが本音かな。芸能事務所があたしたちをアンドロイドに切り替えるようになってから、目に見えて仕事が減ってしまったの。そんな時に、ライブで使った渋谷のレストランで目にしたのが『おもてなし』の世界だった。ウェイトレスは国家に保障された職業でしょう？乗り換えるなら今だと思ったわ」

「やはりそこですよね。私も父がいないので、まずは安定を考えました」

アイドルの世界なんか知らないはずなのに、私はおばちゃんが引退した理由に深く納得してしまい大きく頷いた。

私が十四歳、兄の大也《だいや》が十八のときに、父さんが亡くなった。先に社会に出た兄さんは、よく私に向かって「何でもいいから、おもてなしの仕事にぶら下がってさえいれば、食いっぱぐれないぞ」と言っていたものだ。結局、そのおもてなしのせいで兄さんは失敗したのだけど、私に関してはあの助言は正しかったみたいだ。

「でも安定した生活といっても、私から見たら、みなさんは恵まれていますよ。みなさんのご実家は東京なのでしょう？　私なんか福井だから、東京の人たちとは次元が違うといいますか…」

駒田さんが暗い顔でそう言ったので、私たちは気まずくなってしまった。「まきや」のクルーの中で駒田さんだけが唯一、地方出身者だったことを、サヤカさんの話に夢中でうっかり忘れていた。

「福井は観光名所が少ないから誰も来てくれませんし、うちの地元はまるで巨大なゴーストタウンみたいになっているんです。こういうのを観光立国のヒズミと言うんですかね？　古いビルも家も放置されたままですし、道路はぼろぼろだし治安だって悪いし。地元の商店街も私が子供の頃につぶれたままだから、食料も日用品もすべて役所からの配給なんです。明日から帰省するんですけど、母も弟も、私が東京から生活物資を持って帰ってくるのを楽しみに待っているんです」

年末年始に連日出勤だった私たちは、明日から一週間の休暇に入る。帰省するという駒田さんの話にみんなの同情が集まった。福井に限らず、観光資源が少ない地域の暮らしは過酷だというのは誰でも知っていた。干からびた水田に自然倒壊した建物。経年劣化で寸断された道路が化学物質の混ざった悪臭を放つから危険で、地元の住人は道路も使えないという。県に数件しかない診療所は野戦病院みたいに患者さんで溢れかえっているそうだ。日本は観光立国だから、観光名所が多い県は外国人が落としてくれるガイカに加えて、国からも助成金をもらえてさらに潤うけれど、観光的な売りが少ない県だと国から見放されてゴースト化してしまう。同じ日本でもどこの地域に生まれるかで、人生は大きく変わってしまうんだ。

細身の駒田さんが必死に生きている姿を想像して、私の口から自然に言葉が出た。

「駒田さんがたったひとりでご家族を養っていらっしゃるんですね。自立した大人でかっこいいです」

「いいえ、一家の大黒柱になってくれているのは父です。父はもう長いこと中国に出稼ぎに行っているんです。上海で道路工事をしていて、おかげで私たちは今まで生き延びてこれました。父には本当に感謝しかありません」

「立派なお父様なんですね」

「とんでもない。ジュジュさんの方こそお父様を亡くされて、ご家族を支えていらっしゃるじゃないですか」

「私より母の方が稼いでいるんですよね。じつは、うちの母は福島の浜通りでツアーガイドをしているんです。ダークツアーをやっています」

「福島でガイドさんなんですか！」

みんなの注目がばっと私に集まった。

「どうして今まで教えてくれなかったのよ。ジュジュちゃん、もったいぶって嫌ね」

「だってまだ新米ガイドですから」

「新米だろうといいじゃないの。福島で観光業に就いているなんて羨ましい」

おばちゃんとサーシャから突っつかれて、私は照れながら両手を顔の前で振った。

福島は世界で最も人気のある観光地のひとつだ。ダークツアーが盛んで、まるでアウシュビッツやチェルノブイリを見物するような感覚で、世界中から多くの人が福島第一原発に訪れている。しかも遠い過去の負の遺産であるアウシュビッツとは違って、福島第一原発の廃炉は現在進行形だから、外国人からしたらライブ感覚で廃炉作業を見物できるのだ。また同じ原発事故の跡地でも、福島はチェルノブイリほど辺鄙ではないから、東京観光とセットでツアーが組まれることもある。

そんなわけで、福島の浜通りは常にガイカで潤っている場所だから、母は頼もしいことに私の「まきや」のチップよりも多くの収入を得ていた。だけど周りから羨ましがられるのは、ちょっと複雑な心境だった。なぜって、母さんが福島に行ったのにはちょっとワケがあるからだ。兄の大也は去年から福島第一原発で服役している。受刑者として廃炉作業を担っているのだ。外国人観光客はかつて脱走不可能といわれたアルカトラズ島刑務所を見物するような感覚で、兄さんの刑務所を見に来るという。母さんはそんな兄さんのことが心配で、東京の家に私をひとり残したまま福島に行ってしまったのだ。

そんな我が家の後ろめたい事情など知らないから、理奈おばちゃんたちは勝手に盛り上がってくれている。駒田さんは心底羨ましそうにため息をつくと口を開いた。

「やっぱり外国人が来てくれるところじゃないと、生きていかれませんよね。じつは、うちの弟が来年には高校を卒業するんですけど、卒業したら家族みんなで上海に移り住もうと言うんです。一家そろって出稼ぎ移民になろうとね。その方が福井にいるよりも、ずっと良い生活ができるだろうって」

私たちは駒田さんの話に驚いて、彼女の方へぐっと顔を近づけた。

「駒田さんも『まきや』を辞めて、中国に行っちゃうんですか？」

「いいえ。私はシェフの仕事を手にしたから行きたくないんです。弟は父を追いかけて上海に行って、やがては永住権を取って日系中国人になりたいと言うんです。最近は就労ヴィザを取るのも難しくて、弟が言うようにそう簡単に物事が進むとは思えませんが」

「お父様はなんておっしゃっているの？」

「父は来るなと言っています。『出稼ぎ移民の暮らしはおまえが思っているようなものじゃない。仕事はきついし、現地の中国人からは見下されるし、辛いことばかりだ。生半可な気持ちで来るようなところじゃないぞ』と父は言うんです」

駒田さんは堪えきれずに目の涙を指で拭い、それを見ていた私たちまでもらい泣きしてしまった。ここ最近の日本では、お金持ちと貧しい人がともに海外に出て行ってしまうと聞く。富裕層はよりビジネスがしやすい自由な国へと移住して行き、貧困層は生活のためにアジアやオセアニアに出稼ぎに行くのだとか。両極端の層がこの国から消えていく。

「あたしもお父様の意見に賛成だわ。十八の子が出稼ぎなんて、あまりにも可哀そうだわよ。駒田ちゃん、あなたがご家族を東京に呼び寄せたらどうなの？　弟くんに、おもてなしの仕事をさせなさいよ」

　理奈おばちゃんの提案に、みんながはっとなって駒田さんを取り囲んだ。

「そうですよ。私もその方が良いと思います」

「でも、うちの弟は日本には希望がないと言い張っていて、とにかく海外に出たがっているんです」

「そこは、駒田ちゃんがなんとか説得するのよ」

　四人が顔を寄せあい話し込んでいる足元を、おそうじロボットがかすめていった。すっかり話し込んでしまったせいで、気づけば他のクルーはとっくに出て行って、更衣室に残っていたのは私たちだけ。おそうじロボットに追い立てられるようにして店の外に出ると、銀座の中央通りは夜も明るく賑わい、世間はまだまだお正月ムードだった。

「星が出ていますね」

　私たちは空を見あげた。夜空は虹色に輝いていた。鮮やかなピンクとブルーに縁どられた星々が星座を描いて、次々と周囲のビルの壁に吸い込まれていく。まもなく新しい星たちがビルの壁から次々と産まれ出てきて、七色に輝きながら空へと昇っていく。昔の人は、東京でも本物の星が見えたんだよと言うけど、私にとっては子供の頃から眺めているこの七色の星こそが本物だ。東京の夜空はお世辞なしで世界でいちばん美しいと思っている。オーロラだって見えるんだから。はるか上空から真紅のオーロラがこちらに向かって流れてくると、私たちの足元で煙のように細くなりマンホールの中へ吸い込まれていった。オーロラを発生させたのは数寄屋橋のハンバーガー・ショップだろうな。ケチャップの匂いがしたから分かった。

「良い休暇をね。弟さんによろしくね」

有楽町駅に向かう駒田さんとは四丁目の交差点で別れた。早足で通りを歩いていく駒田さんのぴんとした後ろ姿に声援を送る。地下鉄の駅へと向かう私とサーシャとおばちゃんが信号待ちをしていると、身長が五メートルある女の子が交差点の真ん中に突如、出現した。女の子は黄色いワンピースからすらりと伸びた足で軽快にタップを踏むと、足首のおしゃれなアンクレットを揺らせてみせた。続けてキャッチコピーが宙に浮かぶ。「立ち仕事の方は必見！　足のむくみを解消する医療用アンクレット」

「一日が終わると足がぱんぱんになるんだよね。買うことにするよ」

私はジーンズのポケットから「メテオロイド」を取り出すとアクセスした。メテオロイド、通称「メテオ」は通話もできるし、ネットもできるし、電車も乗れるし、失くした物だって探せるしで、生活に必要なことは何だってできる。購入ボタンを押したついでに、家の玄関とリビングに電気をつけてお風呂を沸かし、キッチンのコーヒーメーカーもオンにして、夜だからカフェインレス・コーヒーを淹れておく。

　サーシャも同じアンクレットを購入した。身長が五メートルの女の子は「お買い上げありがとう」と言って満足げに微笑むと、交差点から一瞬にして姿を消した。この手のライブ広告は町のいたるところに出現して、人々をそそのかす。私たちが立ち仕事だという情報も回っているんだろう。広告の方が私たちよりも私たちのことをよく知っている。ＢＢスクリーンみたいに全能の神なんだね。神は世の中のいたるところに存在しているんだ。

「おばちゃんはアンクレット買わないんですか？」

　サーシャが訊ねると、おばちゃんは首を左右に振りながら、「あたしはプロテインを飲んでいるから、むくまないのよ」と答えた。「万能なんですね」と私が感心して言うと、おばちゃんは「時間だわ」と言ってバッグからピルケースを取り出すと蓋を開けて、「レヨンダ７」のソフトカプセルを二錠つまんで口に含んだ。

　地下鉄の改札口で二人と別れた。私は東中野の自宅に帰るために丸ノ内線に乗り、四ツ谷でＪＲ総武線に乗りかえる。夜遅くの電車内では中国語や韓国語やアラビア語やタガログ語が飛び交っていた。ヘッドセットがあれば周りの会話が聞き取れるのに！　ヘッドセットのおかげでどんな外国語でも完璧に理解できる環境に慣れてしまったせいか、言葉が理解できない状況に遭遇すると、それだけで不安になる。だから私は朝の通勤と帰り道はいつも不安だった。最近はヘッドセットを頭に埋め込む手術をする人も増えてきた。こめかみと声帯の一部に特殊なデバイスを入れることでスピーカーが作動して、いつでも「まきや」と同じような言語環境になれるんだって。言葉に困らない人生が手に入るんだ。

私は不安を掻き消すために車内のデジタル・ニュースを眺めた。アフリカに新しい国が誕生したことが話題になっていた。急に画面が変わって「速報」が映し出される。

【速報】全国各地でアイドルが異常行動。店に押し入って万引き、ビルのガラスを割るなど突発的な暴力行為におよぶ。同時に記憶障害や意識障害も発症。原因は不明。現在、二十件の被害が報告されている。異常行動や意識障害は人間のアイドルのみに現れ、アンドロイドは異常なし。

いったいどういうこと？　私は驚いて目を凝らした。サヤカさんの状況とそっくりだ。他にも似たような事件が十件もあるってことは、サヤカさんだけじゃなかったんだ。「まきや」のクルーたちも柏木店長もきっと今このニュースを見ているよね？　いったい何が起きているんだろう？

とてつもなく深刻なことが、私たちの知らないところで起こり始めている気がして、私は胸騒ぎがした。

3　イチエフ

確か、外はどしゃぶりのはずなのに、ここにいると、建屋の天井を雨粒が叩く音すら聞こえない。

今日の福島は一月にしては珍しく吹雪ではなく豪雨が来ていて、今朝、おふくろに見送られて家を出て送迎のバスに乗り込んだ時には、タイヤが雨足に取られて傾きそうになったほどだ。道路沿いに並んだ古い電柱が強風に煽られてしなっているのが窓から見えた。

しかしまあ、この中にいれば安全だ。四十年も昔、ここいらの建屋は大きな津波が原因で水素爆発を起こし、屋根こそ吹っ飛んだものの全壊しなかったくらいに頑丈にできているのだから、こんな豪雨などなんの影響も与えるわけがないだろう。

俺は三号機の中にいた。持ち場は週ごとに変わる。先週は一号機だった。建屋の解体が始まっている一号機で服役している連中は、今日の豪雨の中での解体作業は辛いだろうな。そう考えれば、俺はちょっとばかりツイているのかもしれない。

俺の名前は桃《もも》ノ《の》井《い》大《だい》也《や》。この福島第一原発、通称「**イチエフ**」に収監されて、今年で二年目になる。一昨年の暮れに、カジノでの詐欺容疑で逮捕された俺に下された判決は、「イチエフ」での廃炉作業という懲役だった。一緒に詐欺をやった先輩たちは長野や北海道など、みんなばらばらの刑務所に収監されたが、いちばん下っ端だった俺だけは罪が軽かった。

罪が軽いか出所が近い輩《やから》だけが集められるこのイチエフ刑務所は、囚人から見たら羨望の的らしい。なぜかって、それはその日の服役が終わったら、家に帰れるからだ。おふくろが富岡町でアパートを借りてくれている。俺は毎晩そこに帰って寝て、おふくろが作ってくれるご飯を食べて風呂に入り、そし

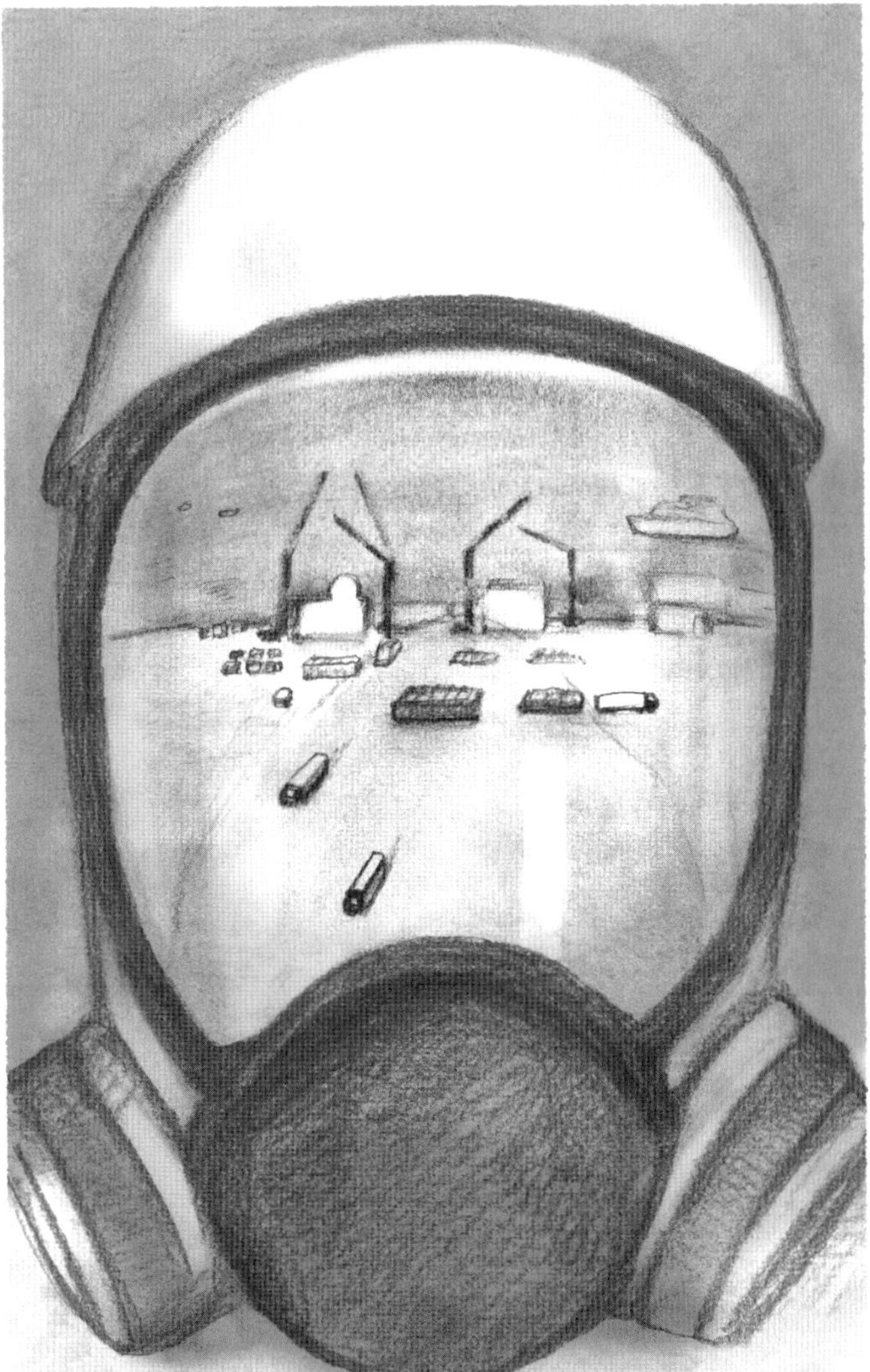

て翌日も服役に行く。俺のような恵まれた受刑者ではなく、家族に見放されて縁を切られた奴らは、近くに警察庁が借り上げているアパートがいくつもあって、そこからバスで通う。被ばく量の問題から一日の服役時間は限られていて、しかも「休日」も用意されている。受刑者のジンケンを最低限度は守るようにと、ＩＡＥＡから通達が出ているからだ。休日がある刑務所など世界広しといえどもここだけだ。

　俺は鉄骨を片付ける作業をしていた。建屋の中は明るくて、どこに何が転がっているのかも、他の受刑者たちがどの持ち場についているのかもはっきり見渡せた。除染を担当するロボットとデブリ撤去が専門のロボットたちが、規則的な機械音を鳴らしながら忙しなく動いている。廃炉作業を進めているのは実質的にはロボットで、俺たち受刑者はそんなロボットの補佐をするのが役目だった。彼らが進む先に障害物が転がっていたらすばやく取り除くとか、彼らの信号を読み取るとか、作業を終えたロボットの機体の除染をするとか、状況に応じてやることは様々だ。なかでも一番危険なのは、ロボットたちが格納容器の中から取り出してくる燃料デブリを受け取って、安全に処理する作業だった。

「今からウォリアーが入るから、みんな待機しろ」

　看守の中塚が俺たちに呼びかけた。

　燃料デブリ撤去用のロボット「ウォリアー」が今日もこれから格納容器の中に入り、溶け落ちた燃料デブリを取り出してくるのだ。

　燃料デブリの取り出しは、先人たちが四十年もかけて行ってきた。昔は先の見えない暗中模索の作業だったが、年月とともにロボット・テクノロジーの進化で効率化されてきた。俺たち受刑者とロボットが任されているのは最後の工程、つまり、容器にまだ残っているデブリをきれいにこそぎ取る作業だったが、最後の工程といえども気を抜いてはいけない。

中塚看守の号令で、俺たちの間に緊張が走った。燃料デブリは放射線量が高く、極めて危険な作業だった。

「いざ出陣！」

小型の戦車みたいな恰好をしたウォリアーたちが、キャタピラーをくるくる回転させながら次々に地下へと降りて行く。原発建屋というのは、地下一階、地上五階建てで、マンションにしたら十五階建てと同じだけの高さがあるバカでかい建物だ。格納容器は地下一階にあって、アームやショベルを自在に伸ばしてデブリを取ってくるのはウォリアーたちの役目だった。

「おまえたちは石棺を用意しておけ」

中塚看守の指示で俺たちは急いで原子炉建屋を出た。被ばくを防ぐために、廃炉作業は常に走りながらやるのが原則だった。俺は全面マスクの額にじっとり汗が湧くのを感じながら、石棺が積んである場所まで全速力で駆けた。石棺とは読んで字のごとく、石でできた棺のこと。そこに溶け落ちたデブリを入れて、放射能が漏れないように特殊な技術で密閉するわけなんだが、これがえらく重くて、毎度のことながら俺たちは手間取った。男が十人は入れそうな大きな棺を四棺、ジャッキで持ち上げて専用の荷台に移し、そこからやっとのことで原子炉建屋に運び込むと、ちょうど最初のウォリアーがショベルに大量のデブリを掬って帰ってきたところだった。

「ウォリアーの除染は俺がやる。おまえたちはそこで待機していろ」

「看守、今日は俺たちがやります」

「いいから下がってろ。おまえたちでは足手まといになるからな」

中塚看守はそう言うと、高圧洗浄機の太いホースを両手に抱えてウォリアーの機体を除染した。格納容器から戻ってきたばかりのウォリアーは線量が高くて、迂闊に近づいたりしたら命取りだ。看守は一分ですばやく除染を済ませると、逃げるようにその場から離れた。

「よし、石棺を配置しろ」

受刑者同士で協力して石棺を移動させて、所定の位置に四つ並べると、走ってその場から離れた。

「完了いたしました」

「よし。入れろ」

中塚が右手を高く上げて合図を送ると、それに反応したウォリアーが石棺の前へと移動して、その上でショベルを傾けると、掬ってきたデブリをどどっと石棺の中に落とし入れた。すぐさま別のロボットがウォリアーに駆け寄ると石棺に蓋をする。こちらは「ジッパー」というその名の通りのロボットで、頼もしい太い鉄の両手からレーザー光を放つと、石棺の蓋の隙間から放射能が漏れないように特殊加工で密閉した。

「一丁あがり。次のウォリアーが到着するぞ」

中塚はそう言って再び高圧洗浄機のホースをかまえた。

「俺、看守みたいな人間になりたいです」

「なにを言ってるんだ、桃ノ井。おまえじゃあ百年早いよ」

そう言って看守が微笑んだのが、全面マスクの奥から見えた。

ウォリアーの除染は看守に任せて、受刑者たちは原子炉建屋を出ると、タービン建屋の廊下に移動した。廊下の隅に置かれたコンピューターでウォリアーの作業映像をみんなで確認する。石棺の中の様子をアップにすると、今回ウォリアーが掬ってきたものは、どう見てもただの泥だった。

「何なんですかね、これ?」

「さあ。今まで見てきたデブリとは明らかに違いますね」

模範囚の宮下がそう言ってパソコンの前で首を傾げた。今年で五十五歳になるという宮下は、銀行にサイバー攻撃を仕掛けてから強盗をした罪で、二十代の頃から三十年も服役している。出所時期が近づいたためにイチエフに移送されてきた。宮下はパソコン画面を地下一階の中継映像に切り替えた。ウォリアーたちがメルトスルーで大きな穴があいてしまった圧力容器のさらにその下に位置する、格納容器の底に潜ってショベルを動かしている映像が入ってきた。容器の底は空っぽで、水すら残っていない。

デブリらしき物体も見当たらなかった。

「もしかして、俺たち取り切ったんですかね？」

興奮で俺の声はうわずっていた。宮下も全面マスクの中で頬を紅潮させているのが分かる。

「中の様子はどうだい？」

中塚看守が除染を終えて廊下に駆けつけると、背後からパソコン画面を覗き込んだ。

「どうやらウォリアーが格納容器の最後のデブリを掬ってきたようだな」

「それじゃあつまり、デブリはもうないのですね？」

「そういうことになる。デブリ撤去作業はついに終了したんだ。いやあ、じつに長い道のりだった。おまえたちは知らないだろうがな、俺はこの仕事を昔からやってきたんだよ」

看守はそう言うと、全面マスクの中でゆっくりと長い息を吐いた。

中塚はもとから看守だったわけではない。イチエフが更生施設になったのは十年ほど前からで、それまでここで働く人は「原発作業員」と呼ばれていた。中塚は東電のプラント・エンジニアとして長いこと作業員の指導に当たってきたそうだが、当時の労働環境はひどいものだったらしい。作業員はいくつも重なった東電の下請け会社からピンハネされて、危険な作業にもかかわらず驚くほど安い日給で働かされていたという。しかも当時はここの敷地全体の放射線量も今よりずっと高かったから、決められた日数しか働けずに、期待したほどの収入は得られなかったそうだ。

やがてイチエフで働くよりも中国で働く方が日給が良いからと、みんな海外に出稼ぎに行ってしまい、代わりにやってきたのはアラブ諸国からの難民だった。彼らは日本語がよく分からないまま危険な作業に就かされたせいで多くのヒバクシャを出してしまい、まもなく世界人権団体から非難されて、国連からもフクシマに難民を投入するのをやめるように通達が下ったという。

そんなこんなで2038年頃にはいよいよ働き手が集まらなくなり、たくさんあった下請け会社もみんな福島から引き揚げていった。そこで警察庁が東電と手を組んで廃炉作業を引き継ぐことになり、全国から集めた受刑者をここで働かせることに決定した。それまでプラント・エンジニアや「班長」と呼ばれていた人たちは「看守」と呼び名を変えて、これまでどおり廃炉作業を指導するとともに、受刑者の監視にも就かせた。当初は「東電刑務所」などと揶揄されたイチエフだったが、やがて更生施設として定着した。今では刑務所を見学したい人が後を絶たないほど人気のダークツアー・スポットとなり、世界中からの観光客のために敷地の一部を開放している。

「やれやれ、デブリ撤去も完了したことだし、もうすぐここも一号機みたいに解体を始められるだろう」

中塚は満足げに言うと、防護服の腰に手をあてて体をほぐし、少しずれていたヘルメットの位置をグローブの両手で直した。中塚には看守然としたところがない。イチエフに従事する人間の中で最も長い彼は、「原発作業員」と一緒だった頃からの習慣が抜けないのか、俺たちに話しかける時も威張らないし口調も優しかった。ひょっとして俺たちのことを受刑者だと思ってないのかと疑うくらいだ。高線量の現場も危険だからと俺たちを下がらせて、自ら飛び込んでくれる。

俺は中塚看守のことを心から尊敬していた。今までの人生で、彼ほど立派だと思えるオトナはいなかった。

「さて、除染に戻るとするか」

俺たちはタービン建屋の廊下を離れて持ち場に戻る。

ウォリアーたちは格納容器から順繰りに戻ってくると、石棺の中に燃料デブリを投入した。ジッパーの手によって四棺それぞれしっかりと蓋を閉じられた石棺は、これからトラックに乗せられて中間貯蔵施設に運ばれるが、来月にはJヴィレッジにある宇宙ステーションに運ばれて、「宇宙ゴミ」として月へと打ち上げられる予定だ。

ウォリアーが仕事を終えた後の原子炉建屋内の空間線量を下げるべく、俺たちは除染作業に取りかかった。壁も天井も除染しないといけないし、さきほど片付けた鉄骨も除染が必要な状態になっていた。

そして今日も「ラクーン」の出番だ。ラクーンはデブなオッサンみたいにずんぐりして見えるが、これがえらく優秀なロボットで、広範囲の除染をやらせたらこいつの右に出る物はいない。丸っこい両手から放つ高圧スプレーで壁や天井に除染水を吹き付けていくと同時に、両足から伸びたホースが汚染水を吸引していく。俺たちはラクーンの後を追いかけて回り、道を塞がないように遮蔽シールドの位置を変えたり、足のホースが絡まったりしないように手助けした。受刑者がやれる仕事なんかその程度のものだが、それでもここにいると俺は自分が少しは価値のある人間だと思えてくる。カジノで人生をしくじったことは後悔しているが、もしかしたら未来は変えられるのかもしれないと、最近はそんなふうに思えるようになってきた。これが更生というものなんだろうか？

「よし、今日の服役はここまでだ。みんな帰っていいぞ」

空間線量が〇・二マイクロシーベルトまで下がったのを確認すると、中塚がみんなに呼びかけた。

原子炉建屋を出て再びタービン建屋の廊下を抜けると、サービス建屋に入った。サービス建屋の入り口にある脱衣所で防護服を脱いで、重たい全面マスクとヘルメットを外すと、やっと息苦しさから解放された。みんな下着だけの格好になる。

「お疲れ様です」

洗濯を担当している受刑者が、俺たちが脱いだ防護服とマスクを受け取った。放射能が付着しているから、防護服もマスクもヘルメットもその日の作業を終えたら、毎回きれいに洗濯と除染をすることになっていた。洗濯担当の鴨志田は、防護服の背中についているファンがきちんと回っているか確認した。

「桃ノ井さん、ファンの調子がちょっと悪いみたいですよ。明日までに修理しておきますね」

鴨志田はそう言って、防護服を裏返して見せた。作業に夢中で気づかなかったが、確かにファンの回転が少し遅いようだ。防護服は世界一快適な作業着だと言われている。背中についたファンが身体の温度を調節してくれるから、どんなに動いても一年中汗をかかずに快適でいられるからだ。

「ファンなんて言ってよ、今の時代の人は贅沢だねえ。俺の頃なんざ、防護服のせいで熱中症になった仲間がどれだけ多くいたことか。夏場は特に地獄だったさ」

看守の中塚も下着姿で立っていた。看守いわく、昔の防護服は着るとえらく暑くて、みんな汗だくになりながら作業していたそうだ。脱いだ防護服からは受刑者たち、じゃなくて原発作業員たちの汗が滴り落ちて、脱衣所の床に水たまりができたという。

「看守がしてくれる昔話が大好きです」

鴨志田が目を輝かせながら言った。「俺、一度でいいから昔の防護服を着てみたいですよ。タイベックと言いましたっけ?」

「そうだよ。今は世界中の会社がこぞって防護服を作っているが、昔はタイベック社の物が主流だったんだ」

「いいですね。一社が独占している防護服なんてレア感がありますよ」

鴨志田と看守のやりとりを見て、俺はつくづく呆れた。鴨志田は自称アンティーク・マニアで、古い物には目がない男だった。彼は「ドライブ罪」を犯して逮捕された。自動運転車しか合法化されていないこの時代に、鴨志田はコレクターと闇取引して昔の車を入手すると、自分の手でハンドルを握って夜の東名高速をドライブしていたところを御用となった。初犯ではなく執行猶予中のドライブだったために即、身柄を拘束されてイチエフに収監された。看守と昔の防護服の話題で盛り上がっているところを見ると、どうやら車よりも興味をそそられるアイテムを見つけたようだ。

「鴨志田さん、車の次はタイベックを狙うんですか？」

「つまらない冗談ですね。カジノでもそんなシラけるジョークを言ってたんですか？」

俺の皮肉に鴨志田がふんと鼻を鳴らすと、さらなる皮肉で返してきた。どうやら俺はこいつに敵いそうもない。

下着姿のまま順番に「身体サーベイ」を受ける。今日一日の被ばく量を計るのだ。ガラス張りのドームの下をくぐると、本日の被ばく量と今月の総被ばく量を合計した放射線管理データ、略して「放管データ」が受刑者名簿のデータベースにインプットされる仕組みだ。サーベイを終えてジーンズとスウェットを着ると、ダウンジャケットを羽織って外に出た。今朝の激しい雨はすっかりあがっていて、空一面に冬の淡い青空が広がっていた。

一号機の原子炉建屋から解体工事の騒音が鳴り響いてくる。作業は順調に進んでいるようで、このまま行けば今年中には一号機のタービン建屋もサービス建屋も含めて完全に更地にできるだろう。俺は緊張で凝り固まっていた肩と首を回した。一号機の建屋の屋根には、ロールケーキみたいな細長いドーム型のカバーがついている。あのロールケーキは昔々、使用済み燃料プールの中から燃料棒を取り出す際に、放射能が飛び散らないように取り付けられたカバーだそうだが、燃料プールなどとっくに空になっている今でもそのままにされている。だが、あれももうすぐ解体される。

二号機と四号機は俺がここに収監された時にはすでに跡形もなかった。もともと震災の被害がなかった五号機と六号機もとうに撤去されていた。昔は大量に並んでいたという汚染水タンクも今はすべて取り払われて、どこまでも広がるアスファルトの更地の上で、何台ものトラックが荷台に放射性ガレキを詰めた石棺を積み込んでいる光景を初めて見た時は、さすがに絶望したものだった。こんな荒涼とした刑務所に俺はこれから二年も入れられるのかと思うと愕然とした。煌びやかなカジノで過ごした代償がこれなのかってね。だが人生というのは不思議なもので、イチエフに来て初めて俺は喜びというか、生き甲斐といったようなものを感じ始めたんだ。それまではそんな感情を知らなかった。毎日がただ虚しくて腹立たしかった。手に入ったカネを見つめるたびに、心底カネを憎んだ。カネで外国人を遊ばせるおもてなしを憎んだ。

「桃ノ井君、一緒に飯に行きませんか？」

模範囚の宮下が誘ってきた。

「これからですか？」

「ええ。いつもの『ふたば食堂』行きましょうよ」

宮下とは親子ほど歳が離れているが、友達と呼んでもいいほど気があい、よく一緒に夕飯を食いに行く。もちろん服役中の身だからどこでも自由に移動できるわけではなく、指定されたエリアに限っての行動だ。宮下と共に過ごす時間は心地いい。こんな友達ができるなんて逮捕された当時は想像もしなかった。

「今日はダメなんですよ。夕方から妹が来るんで。遅い正月休みが取れたとかで、久しぶりに会うんです」

「銀座のレストランで働いているジュジュちゃんかい？　そりゃあいいね。家族水入らずの時間を楽しみなさいな」

宮下の笑顔を見て気の毒になった。彼は家族に縁を切られて双葉町のアパートにひとりで住んでいる。もともとは東電の下請け会社が原発作業員の寮として持っていたもので、それを警察がそのまま引き継いだものだという。

「うちの妹、一週間くらいこっちにいるらしいから、良かったら宮下さんも顔を見に来てやってくださいよ」

「どうですかな。ジュジュちゃんがこんなオッサンの訪問を喜ぶとは思えませんがね」

「何を言ってるんですか。バスが来ましたよ」

警察のバスに乗り込むと、虚ろな表情の受刑者たちがシートに深くもたれて目を閉じたり、ぐったり疲れてすでに鼾をかいたりしている者もいた。イチエフには六千人の受刑者がいて、それぞれ早朝の時間帯の服役者もいれば深夜の者もいて、二十四時間、廃炉作業が滞らないようにシフトを組まれていた。

放射線量の問題からイチエフの敷地内に収容施設は作れない。だから毎日バスに乗ってそれぞれの家に帰って寝る。世界で唯一の通う刑務所だ。

　バスはゆっくり敷地内を巡回しながら、それぞれの場所で受刑者を拾うとゲートを出た。空が晴れたこともあってか、ゲート前には多くの外国人観光客が群がっていて、しきりにイチエフの写真や動画を撮っていた。俺たちのバスの写真を撮る奴もいる。受刑者のひとりがおどけたように窓から手を振ってみせると、あろうことかフラッシュが焚かれた。

「俺たちは見世物なんですかね？」

「まあいいじゃないですか。ここをダークツアーの名所にすることで、福島の経済、しいては日本全体の経済に貢献しているのだからね」

　宮下は達観したように言ったが、俺はなんだか釈然としなかった。

「刑務所が観光名所になっているところなんか世界にありますか？」

「アルカトラズ島がそうだよ。凶悪犯ばかりを収監したという昔のアメリカの連邦刑務所です。サンフランシスコ湾に浮かぶ島に作られた刑務所だから、周りを海に囲まれていて脱獄不可能と言われていました。通いのバスが出ているイチエフとは正反対ですね」

「宮下さんお詳しいんですね」

「自分で言うのもなんですが、俺は博識だったんですよ。頭の良さをサイバー攻撃に使わなければ、俺は今頃は学者になっていたかもな」

宮下は寂しげな顔でジョークを飛ばすと窓の外を指さした。「それにしても今日は観光客が多いなあ。やれやれ、ツアーガイドさんも大変そうだ」

外国人たちの人群れの中にひょっとして、おふくろがいるんじゃないかと俺はひやひやした。おふくろはツアーガイドをしているのだ。福島に縁もゆかりもないおふくろだったが、俺のためにこの町にやってきてからは福島の歴史を猛勉強して、二〇一一年三月の津波と原発事故のことを外国人観光客に伝える仕事をしていた。息子が服役している刑務所に観光客を連れてくるのが母親の役目だなんて、世界はまったく皮肉で出来ている。

「日本人というのは、おもてなしから逃れられないんでしょうかね？」

独り言のように呟いただけだったが、宮下が心配そうに「どうしたんだい？」と訊いてくる。

「宮下さん俺、ここに来る前は横浜のカジノ・リゾートでおもてなしの仕事をしていたんですよ。ギャンブル目当てで日本にやってきた外国人観光客にカクテルを配ったり、ゲームの手ほどきをしたり、土産物を売ったり、まあ他のイケナイ物も色々売ってましたけどね」

「前にも聞いたから知ってますよ。でも過去のことはもういいじゃないか。前を向いて生きていきましょうよ。そのために俺たちはここにいるのだから」

「あそこに俺のおふくろがいるんですよ」

「なんだって！」

十人ほどのアフリカ人のグループを誘導している日本人。あれは間違いなくおふくろだ。白髪頭にヘッドセットをつけて外国人にへつらっている姿を見ると、おふくろが惨めで可哀そうで、いたたまれない。早く出所して、あんな仕事をすぐにでも辞めさせてやりたい。それが今の俺のいちばんの願いだった。

「うちは親父がいないから、おふくろは生活のためにツアーガイドをやっているんです。俺はおもてなしで人生しくじったから、これからは反省して生まれ変わろうとしているというのに、今度はおふくろがおもてなしですよ。まるで呪縛みたいですね、おもてなしって」

俺はそう言って力なく笑った。隣のシートから身を乗り出して窓の外を眺めていた宮下は、背もたれに身を戻すとため息をついた。

「君の言う通りかもしれないですね。俺たちもこうやって受刑者として観光客の見世物になることで、おもてなしをしているんです。逃れようがない」

4　富岡ツナミ・タワー

【続報】異常行動のアイドル全国で急増。二日で三十件の被害報告。知人宅に押し入り家具を壊すなど突発的な暴力行為多発。その後、記憶障害や意識障害を起こす者も。昏睡状態の症例も十一件報告される。原因はいまだ解明できず。芸能事務所が対策に乗り出す。アンドロイドは異常なし。

福島へ向かう常磐線の車内で、私は落ち着かない気持ちで、座席のモニター画面に流れたデジタル・ニュースに見入っていた。昨日、理奈おばちゃんから「まきや」のみんなに連絡があった。サヤカさんが警察の取り調べの最中に突然倒れて意識を失ったそうだ。警察官たちが何度揺すっても目を覚まさないのですぐに警察病院に運ばれたけど、いまだに目を覚まさない。お医者さんが数人がかりで治療に当たっているけど、原因が分からないまま昏睡状態になっているそうだ。

私は「メテオ」を出して詳しい情報を検索した。指先でスワイプすると、手のひらサイズの小さな画面がテレビサイズまで拡大して宙に浮かび上がる。「**アイドルたちの攻撃性はどこから来るのか？**」というテーマで多くの文化人がコラムを載せていた。アンドロイドに仕事を奪われた人間のアイドルたちは、世間の注目を引きつけたくて今回の騒動を起こしているというのが大方の見方だった。突発的な暴力行為は、アイドルから女優に脱皮したいがために演技力をアピールしている。つまり攻撃性など本当はなくて、すべては崖っぷち人間アイドルが再起をかけた狂言なのだと結論づけられていた。

ひどい内容だな。サヤカさんの「まき坊」襲撃もその後の昏睡状態もそうだというの？　理奈おばちゃんが語っていたサヤカさんの人柄は徹底した「モラルの人」だった。自分の影響力を考えろとメンバーに教えていたんだって。グループのリーダーとして誰よりも責任感と思いやりのある人だったって。そんな人が逮捕されてまで演技をしたがるのかな？

ひとつだけ気になるコラムがあった。**「お騒がせアイドルのデータ報告書」**というそれによれば、押し入りや窓ガラスを割るなど**暴力行為に及んだ人の全員に記憶がないのだという。**そして記憶を失くした人の半数がその後に意識障害を発症して昏睡状態になったそう。これはサヤカさんに当てはまる。データ報告書によれば、**暴力行動はいっさいせずに、意識障害や記憶障害だけを発症した人もいるそうだ。**ある朝に突然ベッドから起きられないまま昏睡状態に入った人も三人いるという。また、ある大手芸能事務所の話によれば、スタジオでぼうっとしていて様子がおかしかったアイドルにマネジャーが声をかけたら、二週間前で記憶が止まったままでいたことが判明したそうだ。その子はまるで夢遊病のように足元をふらつかせながら、毎日スタジオに来ていたというから驚きだ。記憶障害や昏睡症状が現れる数週間前から、胸部に鈍い痛みを訴える人が複数いたことも報告されている。「そして忘れてはならないのは、これらの一連の異常行動や記憶障害は人間のアイドルのみに現れて、アンドロイドのアイドルにはいっさいのバグも検出されず、全国ライブもスケジュールどおり敢行される。つまり、これは特定の職業の人間のみが罹患する『病気』である」と報告書は締めくくっていた。

「まもうなにが何だか分からない！

私は「メテオ」をバッグにしまうと車窓の景色を眺めた。福島に近づくにつれて緑が多くなる。「まきや」から一週間の遅い正月休みをもらって、久しぶりに母さんと兄さんに会えるというのに、こんなふうにモヤモヤした気持ちを抱えていくのは嫌だ。サヤカさんのあの事件のことは、今は頭の中から追い出そう。福島で過ごす休暇は私にとって宝物なのだから。

富岡駅に着くと、東京とは違う冷たく澄んだ空気に包まれた。空は抜けるように青かった。外国人の数でいえば、東京の方が移民が多いけど、福島も観光客の数では負けていない。元被災地である浜通り地区を毎年約六〇〇〇万人が訪れているんだって。ここ富岡駅は常磐線の駅の中でもおしゃれな駅として知られていて、なるほど駅前商店街はこだわりの店が多く、お菓子の家みたいなファンシーなブティックもあれば、酒蔵をイメージしたような渋い雰囲気の土産物屋さんなど、いかにも外国人受けしそうな店が並んでいた。

私は駅舎のすぐ傍にある「さくらステーション・キノネ」に必ず立ち寄って、セルフサービスのコーヒーを飲むことにしていた。コーヒーなら母さんのアパートでも飲めるけど、私は震災があった四十年前からオープンしているというこのカフェが好きだった。ログハウス調の店内には広い窓があって、駅前ロータリーが見渡せた。ロータリーの中央に「ツナミ・タワー」と呼ばれる奇抜なモニュメントがそびえている。あれは二〇一一年のツナミで流された家の屋根や家具や、子供の絵本や靴、歪んでしまった車のボディやビルの鉄鋼など、当時の震災ガレキを組み合わせて造られた震災モニュメントだそう。「ツナミ・タワー」はおしゃれな富岡駅の雰囲気からは明らかに浮いていた。まるでツナミの犠牲者たちが天から今の私たちを見下ろして、あの震災を忘れるなと語りかけているような、言い知れない迫力を感じた。四十年前の日本はどんな国で、みんなどうやって震災を乗り越えたんだろう？　ふだん難しいことを考えない私でも、このタワーを眺めるたびに、福島のことをもっと知りたいと思うんだ。

母さんのアパートは駅から歩いて十五分の所にあって、そこは三十年も昔から復興住宅が並ぶ町並の中にあった。三階建てのアパートの三階の角部屋は陽当たりが良くて、夕日もきれいだ。母さんは連絡してくれたら駅まで迎えに行ったのにと言って、玄関で私をまるで幼い子供のように抱きしめた。「お腹空いているでしょう？」とさっそく私を台所のテーブルにつかせた。酢豚と炒飯、それに八宝菜が並んでいて、思わずお腹が鳴る。我が家の好物は中華だ。

私が福島に来るときまって母さんは自分もガイドの仕事があるのに、私を至れり尽くせり甘やかせてくれる。娘を東京の家にひとり残したことを不憫に思っているんだろう。子供が巣立っていくのではなくて、親の方が先に出て行ってしまったのだから、我が家の事情は確かにちょっと歪んでいるのかもしれないね。

「あいかわらず殺風景だね。家具くらい増やしたら？」

酢豚を頬張りながら、私はがらんどうに近いリビングの中を見回した。こちらに移ってきてずいぶん経つのに、親子二人が暮らしているとは思えないほど、ほとんど家具も置いてない。さすが福島は東京よりも土地が広いせいか、アパートといえどもツー・ベッドルームで、母さんの部屋にはウォーキング・クローゼットまである。そのクローゼットでさえ東京の感覚なら一部屋になりそうなほど広々している。そんな住まいに何もないのは、ミニマリストもびっくりだよ。

「最低限の持ち物で十分なのよ。贅沢は絶対にするまいと心に決めているの」

母さんは炒飯を小皿にとりわけながらきっぱりと答えた。「大也をこんなふうにしてしまったのは私のせいよ。そんな親が家具なんか買って悠長に暮らせるわけない。ジュジュにも苦労をかけちゃってごめんね」

「母さんのせいじゃないって」私はもう何度言ったか分からないこの言葉を繰り返した。

私たちはとても仲の良い家族だった。父さんはダイヤモンドのように輝く人間になってほしいと、兄さんに大也《だいや》という名前をつけた。私のことは生い茂る森の樹々のようにたくましく育てとの願いから樹々《じゅじゅ》にしたんだって。父さんが亡くなってからも残された家族みんなで仲良く協力しあえていると思っていた。だから兄さんが隠れて犯行を重ねていたと知った時は、世界が足元から崩れていく音がした。例えなんかじゃなくて、本当に踵の下からガラガラと聞いたこともない音が聞こえたんだ。

桃ノ井一家は長いこと、新宿でリフレクソロジー・サロンを経営していた。父さんはすばらしく腕の良い整体師で、サロンは半年先まで予約が埋まる人気の店だったけど、脳溢血で逝ってしまってから我が家の生活はとたんに苦しくなった。母さんは残ったスタッフでサロンを続け、当時まだ中学生だった私も学校から帰るとお客さんの受付をしたり、施術用ベッドのタオルを洗濯したり、少しでもサロンの力になろうと頑張った。高校を卒業した兄さんは専門学校へ進学するのを諦めて、横浜のカジノ・リゾートで就職を決めてきた。賭け事を目当てにやってくる外国人を相手にすれば手っ取り早くおカネになって、しかも安定収入が得られるからだと言った。母さんは兄さんを進学させられなかったことをひどく悔やんだけど、その頃の我が家の経済状況は進学どころか、兄さんが家に入れてくれる収入に期待していた。父さんという人気の整体師を失ったサロンからはお客さんが減っていき、経営は悪化するばかりだったから。

カジノに勤めて月日が経つにつれて、兄さんはなんだか性格が変わっていった。夜昼逆転の生活になって怒りっぽくなり、他人の不幸話でげらげら笑うようになった。つきあう友達もすっかり変わって軽そうで派手な年上の男たちを家に連れてきては、彼らを職場の「先輩」だと紹介した。さすがに後輩の妹の私に手を出すようなことはしなかったけど、一歩間違えれば危ないこともしそうな雰囲気の男たちで、明るすぎる笑い声の裏に隠し事があるようで怖かった。

兄さんの変化は明らかだったのに、母さんは兄さんが家におカネを入れてくれることで、多くのことに目を瞑っていた。逮捕の連絡を受けた時、母さんは泣いたけど驚いてはいなかった。福島で服役が決まると、母さんは傾いていたサロンを潔く畳み、「あの子が再び悪いことをしないように今度こそ見張るのが親の務めだわ」と言って福島について行った。

兄さんが刑務所に入ってしまったことは辛いけど、起きてしまったことなのだから、もう前を向いていくしかない。前を向いて生きることくらいしか、私たち家族にできることはないのだから。

「ねえ明日、ツアーに来ない？　ジュジュがお客さんになってくれたら、ふだんの百倍やる気が出るわ」

私が福島に来るたびに、母さんは観光バスツアーの席を空けておいてくれる。世界中の様々な国からやってくる人と一緒にバスに乗り込み、解説を聴きながら巡る浜通り地区はどこも景色がきれいで、歴史があって、そしてためになる。

「久しぶりに母さんのガイドを聴きたいな。活舌とか解説力とか、どこに改善点があるかチェックさせてもらうからね」

「あいかわらず、あんたは生意気ね」

そう言って笑う母さんの目尻に深い皺が刻まれていた。母さんは福島の歴史を猛勉強して解説の練習を重ねて、ようやく一人でツアーを任されるようになった。無敵のヘッドセットを頭に装着し、外国人のお客さんの前で堂々と話す母さんは楽しそうで、新宿のサロンをやっていた頃とは別人のように生き生きしていた。

「ガイドの仕事のどんなところが好きなの？」

「誰かの記憶に残るところかな。ツアーに参加してくれた人のことはずっと覚えているの。きっとお客さんの方もそう。お互いの人生の記憶に長く残れる仕事なんて、そうそうないわ。私にこんな喜びを与えてくれた福島には感謝している」

「良い仕事に出会えて良かったね」

嬉しそうに答えた母さんの顔を見たら、心からそう思えた。「まきや」も観光ガイドも同じおもてなし。おもてなしは心を元気にしてくれるんだ。父さんの突然の死から兄さんの逮捕まで、いろんなことがツナミのように押し寄せて、どん底だった時の私がそうだったように、母さんもおもてなしに救われたんだろう。やっぱり親子だから似ているんだね。

玄関で顔認証ロックが解除される音がしてドアが開いた。兄さんが服役から帰ってきた。私を見て「おう」と照れ臭そうに言うと、ダウンジャケットを脱いでテーブルにつく。「手を洗ってきなさい」と母さんから子供のように叱られると、きまり悪そうな顔でそそくさと洗面所に走っていく。すぐに戻ってくると、濡れた両手をふざけて私のセーターの肩で拭いた。やめてよ、と二人ではしゃぎ合う。こんなふうにふざけ合ったのは、いつ以来だろう？　服役してからの兄さんは前よりも柔和になった。

5　Ｊヴィレッジ宇宙センターとマクスウェルの管理人

今日はよく晴れて観光日和だ。しかも運良く服役の「休日」と重なったから、親孝行ならぬ妹孝行してやろうと思い立ち、ずっと来たがっていたＪヴィレッジにジュジュを連れてきた。

Ｊヴィレッジは広野町と楢葉町にまたがる広大な敷地に建つ宇宙ステーションで、世界中の原発から出た「核のゴミ」をスペースシャトルに搭載して月へと運ぶための施設だった。ウォリアーが取り出した燃料デブリを詰めた石棺も、ここから定期的に打ち上げられる。以前は福島にたくさんあった汚染土を詰めた黒いフレコンバックも、ほとんどが月へと昇った。核廃棄物の処理に困った世界中の国々が、「核のゴミは世界共通のゴミ」として、月に投棄する決議案が国連で採択されたのは、俺がまだガキの頃だった。それが宇宙工学と廃炉テクノロジーが手を結ぶ始まりだった。

スペースシャトルの打ち上げを見ようと、世界中から観光客が集まっている。俺と妹はアラブ系や東南アジア系やラテン系の奴らに交じって、ギャラリーのベンチに腰を下ろした。あの石棺にデブリを詰めたのは俺たち受刑者だ。宇宙飛行士が力を合わせて重たい石棺を押しながら、シャトル後部に積み込んでいく様子は圧巻だった。白い宇宙服がなんだか防護服に見えてきた。俺とあいつらでは雲泥の差なんだろうが、妙な親近感を覚えた。出発の準備は整った。スペースシャトルは地鳴りを轟かせると、白い煙をもくもく噴射しながらまっすぐ空へと昇っていく。ギャラリーから歓声があがった。ジュジュは

空に向かって拍手をしながら、「月に感謝します」と叫んだ。

ジュジュと同じく、俺も月に感謝だ。月ほど地球に貢献してくれる惑星はないからな。俺たちがまだ生まれる前、先進国のベンチャー起業家の間で「月旅行」がちょっとしたブームになった時期があったそうだ。それが観光の最先端とばかりにこぞって月へと旅立っていった当時の社長たちは、月が期待したほど面白い場所ではなかったことを知り、それなら地球のために役立てる方法はないものかと考えたという。そこで辿り着いた答えが、世界中が頭を悩ませていた核の処理問題を月に担わせることだった。国連の話し合いのテーブルでは当然、反対意見も出た。月をゴミ捨て場にしてよいのかと。次に候補に挙がったのは火星だった。だが火星はやがて人間が移住することになる惑星だから汚してはいけないとなって、やはり月で決着した。月は昼夜の温度差が激しいから地球人の居住には不向きなんだと。

青空の彼方にぐんぐん小さくなっていくシャトルを見送ると、興奮した気持ちも徐々に落ち着いてきた。ギャラリーの観光客たちはおもむろに席を立つと、近くにある土産物屋に流れていく。俺と妹もその流れに任せた。世界中どこの宇宙センターも、シャトル見物とグッズ販売は必ずセットになっているらしいが、ここも例にもれず「Jヴィレッジ・ストア」なるものが観光客を待ち構えていた。記念品やロゴ雑貨に加えて、宇宙飛行士が実際に着ていた宇宙服まで高く売られている。防護服も売れるんじゃねえかと、心の中で毒づくと笑いが込み上げた。グッズが並んだ棚の前で、白人の婆さんと肩がぶつかった。婆さんは軽いジェスチャーで俺に謝ってきて、そのさり気ないしぐさがとても優雅でムカついた。

見渡せば、この「Ｊヴィレッジ・ストア」にいる外国人の客たちはみんな華やかで品があった。カジノの客と同じ匂いがする。俺はますますムカついた。

俺が勤めていた「横浜ベイ・リゾート」は違法賭博なんかじゃなくて、正々堂々たる国営カジノだった。赤い絨毯はふかふかで、天井のシャンデリアはクリスタル製。ニッポンの観光産業の目玉にしようと国が手掛けただけあって、隅々まで贅を尽くした美しい場所だった。そんな美しい場所に来るお客はみんな美しかった。優雅でゴージャスで自信にあふれ、カネを遊び道具にするほど大胆だった。そして俺たちもそんなゴージャスなお客に負けないほど大胆だった。

「横浜ベイ・リゾート」は趣向を凝らしたインチキやごまかしが横行するカジノだった。職場の先輩たちは詐欺のことを「伝統」と呼んだ。強いカクテルでお客を泥酔させてチップの額を不当にあげたり、両替をごまかしたり、ディーラー同士が結託して悪事を働いた。創業したての頃は「ニッポンのカジノは世界一不正に厳しく規制が多い」と唄われていたらしいが、経営が波に乗るといろんなことが緩んできて、その隙間に「伝統」が入り込んだわけだ。お客に気づかれずにうまく「伝統」をやってのける先輩たちは、見かけとは裏腹に中身はすごく賢い奴らだった。ただみんな頭の使い方を間違えていた。俺もそうだ。

「まだこんな時間なんだ。お昼どこで食べる？」

ジュジュの言葉で我に返った。過去を悔やんだってどうにもならないと自分に言い聞かせる。妹を食事に連れて行ってやれる店は受刑者の身分だけに限られていた。探しあぐねていると、ジュジュは「宮下さんのおじさんもランチに誘おうよ」と言い出した。

「宮下さんならもうすぐ深夜の服役シフトが明ける頃だろうから、呼べば来るんじゃないかな。ジュジュの方から連絡してくれ。俺のメテオは使えないからな」

俺はそう言って左腕をかざしてみせた。受刑者の「メテオ」は何でも自由にできるツールではない。皮膚の下に埋め込まれている。裁判で量刑が確定した時に、強制的にインプラント手術を受けさせられた。だから受刑者はみんな左腕の真ん中あたりが青く点滅していて、それが警察のGPSと連動している。

妹はバッグから「メテオ」を取り出すと、宮下に向けてランチの誘いのメッセージを吹き込んだ。警察のGPSが即座にキャッチして、彼の居場所を映像と共にジュジュのメテオに送り返した。一号機のサービス建屋の中で下着姿のまま「身体サーベイ」を受けているところだった。

「無事にランチの許可が降りるといいな」妹はそう言ってメテオを切った。

宮下と待ち合わせている「ふたば食堂」は双葉町ののどかな風景の中にあって、そこは接客ロボット「**マクスウェル**」が切り盛りする店だった。一足先に店に着いていた宮下は俺たちが入ってきたのを見つけると、窓際のテーブルからこちらに向かって満面の笑みで手招きした。来客を感知した「**マクスウェル**」

が静かにタイヤを滑らせながら、お茶を入れた湯呑を運んできた。

「ジュジュちゃんが、おじさんにまた会いに来てくれるなんて嬉しいよ。しばらく会わないうちに、また一段と可愛くなりましたね」

「やだなあ、いつからお世辞なんか言うようになったの？」

「もうすぐ出所が近いから、シャバに出た時のために、そのくらい言えるようになっておかないとね」

「おじさんって、失礼なのか紳士なのか分かんない」

ジュジュと宮下はさっそく意気投合しているようだ。

「せっかく会いに来てくれたんだ。好きな物を頼んでいいよ。今夜はおじさんの奢りです」

「いいの？」

「やめてください、宮下さん！」

テーブルのコードに青く光る左腕をかざそうとする宮下を俺は慌てて制した。俺たちはたまの飯代になる程度の額を左腕の「メテオ・ペイ」を介して支給されてはいたが、生活費はすべて管理下にあって、とても他人に御馳走できるような余裕はなかった。

「今夜くらいは気にしないでくださいって」しかし宮下はそう言って豪快に笑うのだった。「生姜焼き定食に決めた」と言う妹に彼は首を傾げる。

「ジュジュちゃん、福島に来たら肉じゃなくて刺身だよ。浜通りは昔から魚がうまい場所なんです」

「分かってます。でもこれが食べたいの。私が働いているレストランでは、生姜焼きのことをジンジャー・ポークって呼ぶんです。南米のお客様向けにパイナップルを入れたりマンゴーソースをかけたりするの。だから私、南国フルーツの味がしない本物の生姜焼きを一度食べてみたかったの」

「ほほう。生姜焼きにパイナップルねえ。塀の中にいるうちに、時代はずいぶん変わったものですねえ」

感心したように宮下は唸った。結局、彼はいつもの刺身定食に、俺はアジのひらき定食に決めるとテーブルの送信ボタンを押した。しばらくして一台の「マクスウェル」がすらりとした三本の腕に三つのお盆を載せてくると、俺たちの前に不愛想にセットした。接客ロボットなのに挨拶なしだ。以前は「お持たせしました」とか「ごゆっくり」とか言っていたが、客同士の会話の妨げになるからという理由で会話機能が停止になったらしい。マクスウェルは人間のような体格をしてはいるが、頭はあるが顔はなく、腕は三本あって、足から伸びた四つの小さなタイヤを器用に回転させながらテーブル間を隈なく動き回っていた。

日本中のファミレスもスーパーもコンビニも、みんな「マクスウェル」が接客している。生身の人間が料理を運んだりレジを打ったりするのを、最後に見かけたのはいつだったろう？

「本物の生姜焼きの味はどうだい？」

宮下が豚肉を頬張る妹を嬉しそうに眺めた。

「ジンジャーが効いていてスパイシー。甘くないし大人の味だね」

「そりゃあ良かった」

宮下もうまそうに刺身を口に運んでいた。俺のアジのひらきも焼き加減が絶妙で、つけあわせのあら汁もこの上なくうまかった。調理もできるマクスウェルは最高のシェフだ。

「ところで宮下さん、一号機の解体が予定よりも早く進みそうだというのは本当ですか？」

「ああ。原子炉建屋もタービン建屋も、今年中には更地にできるだろうよ。もっと急ごうという声も上がったそうですが、中塚看守が反対したそうだよ。健康被害のことを考えると、たとえ最終段階でも慎重に進めるべきだってね。いかにもあの人らしいね」

「中塚さんはいちばん長い人ですからね。誰よりもイチエフのことを分かっている」

「桃ノ井君も知っての通り、格納容器と圧力容器をバラしていくのが、危険なんです。線量がものすごく高いからね。看守はそのことを心配しているんだろう」

「場所によってはまだ四十年前と同じくらいの線量があると言われていますよね。ウォリアーやラクーンたちに頑張ってもらわないと」

「兄さんもおじさんも、そんな危険な作業をやらないといけないの？」

ジュジュが心配そうな顔をしたので、妹の前でこんな話をするべきではなかったと後悔した。宮下も同じことを思ったらしく少し気の毒そうな顔をした。

「心配するなよ。被ばくの危険性がある作業はすべてロボットに任せるんだから。ウォリアーとラクーン。解体と除染のエキスパートだ」

「でもそのロボットたちを除染するのは、兄さんたちの役目なんでしょう？」

「残念だけどジュジュちゃん、それがおじさんたちの贖罪なんです。でも考えようによっては良い見方もできますよ。長かったイチエフの歴史をおじさんたちの手で終わらせることができるのだからね」

「イチエフを更地にすることで終わりにできるの？」

「まあ厳密に言えば、願わくばですけどね。福島ではそれが最善策だと判断されたんです。あの事故の直後は、チェルノブイリみたいに敷地全体を巨大な石棺でドームみたいに覆う案もあったんだよ。要は、コンクリートのドームで敷地全体の放射能を閉じ込めようってわけです」

「その方が良かったんじゃないの？　危険な解体作業をしなくてよさそうだし」

「それができなかったんですよ。チェルノブイリと違って、福島の地形だと山から地下水が流れてきてしまうんです。地下水がイチエフを通ることで、汚染水になって海に流れ出てしまうのを止められなかったんだ。だから原発の上だけを石棺で覆っても、安全は保たれない。汚染水が発生しないように、イチエフのすべての建屋を地上から取り除く必要があったんです」

「なんだか気が遠くなりそうな作業なんだね。だから多くの受刑者の手が必要だったんだ」

妹はそう言ったきり黙り込んでしまった。宮下はジュジュを明るくしようと、ポケットから小さな冊子を取り出した。広げるとそれはクーポンの束で、浪江にある複合型ショッピングセンター「モール・オブ・ナミエ」で使えるという。そこはおふくろが勤めているツアー会社のバスの発着所にもなっていた。

「受刑者のご家族から頂いたんだよ。ジュジュちゃん、これでお友達とお買い物に行ってきなさいな」

「福島に友達なんかいないよ。おじさん一緒に行こうよ」

「おじさんは無理だよ」

宮下になついている妹を見ていたら不憫に思えてきた。ジュジュは宮下のことを父親のように慕っているところがある。中学二年でおやじを失くしたから父親像がないんだろう。俺とは違って想い出も薄いのかもしれない。あれから六年も経つのに、俺はいまだにおやじの記憶に縛られている。おやじのようになれなかったことを悔やんでいる。

あの冬の日曜日、サロンの施術台の下でおやじが倒れているのを見つけた時の記憶は、昨日のことのように脳裏に焼きついて離れない。おやじは日本一の整体師で、俺の憧れだった。俺も後を継ぎたくて、おふくろたちには内緒で整体の専門学校にこっそり通った時期もある。だが施術台の前に立つと体がガクガク震えて止まらなくなった。そこはおやじが最期に立っていた場所だから、悲しみや恐怖が一気に押し寄せてきて体が勝手に震え出すんだ。ガキの頃からおやじの施術を眺めるのが大好きだったのに、これじゃあもう俺は後を継げない。指の形は親子そっくりなのにな。おやじの指は体の声を聞ける魔法の指だった。お客さんの辛いところを一瞬で察知できるんだ。わずかでも流れが滞っている部分を見つけ出しては、「肩こりを甘くみてはいけませんよ。肩こりを放っておくと、脳梗塞の原因になったりしますからね」とお客さんに諭していた。そんなおやじが脳溢血で逝ってしまった。おやじの方こそ、肩こりを甘くみていたんじゃないのかよ。

「ジュジュちゃんもご家族がこちらにいるのだから、あとはお友達を作るといいよ。うってつけの子がいますよ。ほら、あそこ」

宮下が指をさした先にひとりの女が立っていた。不愛想な女で、店長とも呼ぶが、厳密にはこの店のマクスウェルの管理人だ。

「あの子は瑠璃ちゃんと言ってね、愛想がないから老けて見えるけど、確か、年齢は桃ノ井君と同じくらいだよ。あの子ならたぶんショッピングくらいするでしょう」

宮下は大きな声で「おーい、瑠璃ちゃーん」と呼ぶと、その女は驚いたようにこちらに向かって駆けてきた。

「マクスウェルの不具合でもありましたか？」

「いいや、マクスウェルのことじゃないんだよ。クーポンもらったから君にあげようと思ってね」

クーポン・ブックを受け取った瑠璃ちゃんの顔がわずかに緩んだように見えた。痩せていて背が高く、色白で、額のところで二つに分けた長い黒髪を背中まで垂らしている。なんだか幽霊みたいな印象の女だ。

「全店舗が四割引き。いいじゃない。ちょうど気晴らしにモールでも行きたいと思っていたところよ。

この店じゃあ誰と口をきくこともないし退屈だわ」

そう言って瑠璃ちゃんは気だるげに店内を見渡した。昼時ということもあって店は混んでいたが、マクスウェルの管理人は客としゃべることは基本ないそうだ。

「君みたいな若い子が誰とも話さない毎日ならそりゃあ退屈でしょうね。君もこちらのお嬢さんみたいにウェイトレスになったら？」

「あなた、ウェイトレスなの？」

ジュジュを見た瑠璃ちゃんの目の奥がなぜだか輝いて、妹が自己紹介するのを聞くと、不愛想な顔にだんだん表情が出てきた。

「羨ましい。じつは私、マクスウェルの管理人なんかじゃなくて、本当はおもてなしがしたいんだよね。でも東京は苦手。ちなみに言うと、京都も嫌い。他県に行きたいと思ったことなんかないな」

「京都が嫌いなのは分かる気がする」

俺と妹は同時に頷いた。京都は昔から住民と観光客のいざこざが絶えない町だ。風光明媚でも現実は醜い。

「おもてなしなら福島でやればいいじゃないですか？」

「じつはレストランの面接に行ったけど、落とされたんだよね」

瑠璃ちゃんはとたんに表情を暗くした。

「まあまあ、嫌なことは忘れて、とりあえずはショッピングでも楽しんできたらどうですか？　そうだ、ジュジュちゃんと一緒に行ったらどう？」

宮下が励ますように明るい声で提案すると、瑠璃ちゃんは妹に向かって「それじゃあ洋食でも食べに行きますか。うちの店は和食ばかりだし。東京でのおもてなしの話も聞かせてほしいな」と言った。二人がメテオの番号を交換すると、急いで仕事に戻っていく。不愛想な女なのに意外とノリは良いんだなと俺は思った。

「あの子のご両親は昔ね、被災したんだよ」

瑠璃ちゃんがいなくなると、宮下が少し声を落として話し始めた。

「瑠璃ちゃんのご両親が先祖代々暮らしてきた家がね、原発事故で警戒避難区域になってしまったそうなんだよ。一家そろって避難所の体育館で寝泊まりしていたそうなんだが、おじいさんとおばあさんが、そこで体調を崩して亡くなられたそうです。おじいさんには持病があったそうで、薬が足りなくなってしまったんだって。おばあさんは、理由は分からないけど、おじいさんの後を追うようにして逝ってしまったそうです。その後はご親戚とみんなで仮設住宅に暮らしていたそうなんだがね、そこで今度はね、伯母さんが亡くなられたそうです。自分で命を絶ってしまったんだって、瑠璃ちゃん悲しそうに話していたなあ」

「そんなに大変な苦労をされていたなんて」

ジュジュが気の毒そうな顔で厨房の奥を見つめた。瑠璃ちゃんが監視するなか、三台のマクスウェルが炒め物をしていた。

「いいや、彼女が生まれたのは311から十五年も後だから、実際に震災を経験したわけではないんだ。苦労されたのは彼女のご両親で、生活を立て直すのに色々と大変な思いをされたそうだよ。瑠璃ちゃんが生まれた頃には、福島の復興もだいぶ進んでいたから、暮らしも落ち着いていたそうだけどね。でもね、瑠璃ちゃんは『じいちゃんとばあちゃん、おばちゃんにも会ってみたかったな』と言うんです。震災がなければ、みんな生きていたはずだものね」

瑠璃ちゃんの身の上話を聞いているうちに、俺は自分が情けなくなってきた。俺よりもずっと大変な家族はいるのに、俺は何をやってきたんだか。

「桃ノ井君、俺はね、長い服役人生の最後に福島に移送されてきて良かったなと思っているんです」

宮下はしんみりした口調で語り続けた。

「もちろん君のような友達ができたこともそうだけど、この町を見ているとね、こつこつ努力すれば人間はいつか報われるのだなと、教えられているような気がするんです。若い頃の俺には、努力という言葉なんかなかった。世の中を出し抜くことしか考えていませんでした。自分の頭脳を過信していたんでしょうね。それがこの結果ですよ」

「過去の話はやめましょうよ。宮下さんが前にバスの中で俺にそう言ってくれたじゃないですか。前を向いて生きて行こうって」

「そうです。この町は俺に前を向かせてくれるんです。原発事故も核のゴミも、この町は負の遺産をすべて長所に変えて、世界中の多くの人々を魅了している。辛いことも悔しいこともたくさんあっただろうに、こうしてみんなが前向きに生きて町を再建して、世界一の観光地にしてきたんだなと思うと、俺は戒められると同時に、なんだか励まされる気持ちにもなるんです。俺も頑張らないといけないなってね」

「宮下さんそれ、俺も同じことを思っていました」

テーブルの上で組んでいた両手に力を込めた。ごつごつした指の皮膚がざらついていた。

「そうしてくれないと困るよ」

ジュジュが口を開いた。腕を伸ばして俺の肩に手をのせる。

「おじさんも兄さんも、人生はこれからだよ。特に兄さんには、私が前科者の妹なんて呼ばれないように、しっかり頑張ってもらわないとね。おじさんだって、ご自分が思っているよりまだまだ若いよ。出所したらコンピューターの勉強をし直して、今度は社会にとって良い方向に頭脳を使うように頑張ってよね」

俺たちはぐうの音も出せずにただ頷いた。ずっとガキだと思っていたのに、こんなふうに兄貴を励ましてくれるようになるなんて、いつの間に大人になっていたのだろう。

「桃ノ井君には素晴らしい妹さんがいて羨ましいですね。しかし俺がまたコンピューターの世界に携わるなんて、世間が許してくれないだろうなあ。それに今の時代のネット環境は昔とずいぶん変わってしまったから、俺なんかもう化石でしかないだろうなあ」

「後ろ向きなことを言わないで。前向きに生きて行くんだって、たった今おじさんが言ったばかりでしょう？」

「そうだったね」

俺たち三人は静かに笑った。

ジュジュはとっくに生姜焼き定食を平らげて、デザートを食べたいと言い出した。自分で払うからと言い張る妹に俺と宮下で制しあう一幕があったが、結局、三人ともおしるこを注文した。厨房でマクスウェルが餅を焼いているのが見える。近くで別のマクスウェルがパウチに入ったあずきを解凍していた。

やがて配膳担当のマクスウェルが到着すると、盆に三つの椀をのせてテーブルに運んできた。

「それ、店のおごりね」と言って瑠璃ちゃんが再び俺たちのテーブルにやってきた。恐縮して断ろうとすると、彼女はサバサバした口調で「遠慮しなくていいから」と言う。

「さっきの会話、聞こえちゃったんだよね。あんたたち声がデカいからさ。なんだか大変そうな人生だね。でもまあ頑張りなよ」

瑠璃ちゃんはマクスウェルの背中にあるボタンを指先でピピピと操作すると、三人分のおしるこの注文履歴を消去してくれた。

「ありがとう。このお礼は出所したら必ず返すよ」

おしるこは福島のもち米でつくった餅とあずきの甘さがぴったりで、優しい味が心の奥まで染み渡っていくようだった。正月に餅を食うのなんか何年ぶりだろう？　マクスウェルは最高のシェフだ。

6　スクープ

冬休みを終えて福島から東京に戻ってきた翌日、私は総合病院の緊急病棟にいた。

理奈おばちゃんが倒れてしまった。テーブルから下げた空のお皿をカートに積んで、厨房に戻ろうとしていた理奈おばちゃんは、突然、激しい胸の痛みに襲われるとそのまま動けなくなってしまったのだ。柏木店長がすぐに救急車を呼び、たまたま手が空いていた私が一緒に救急車に乗り込み病院につきそうことになった。心電図の結果では、おばちゃんの心臓に異状は見当たらなかった。なのにおばちゃんはベッドの上でひどく苦しそうに胸を手で押さえて、息をするのも辛そうだ。額に冷や汗がびっしょり滲んでいる。精密検査が必要ということになり、しばらく入院することになった。

「ごめんね、付き添ってもらっちゃって。店を抜けた分、ジュジュちゃんのチップが減っちゃうわね」

「しゃべらないで、おばちゃん」

こんな時でもおばちゃんは他人に気を遣ってくれる人だった。入院の手続きは旦那さんが駆けつけてやることになったので、到着するまで私はここで待っている。おばちゃんの呼吸が少しでも楽になることを願いながら。

それにしても、今年の「まきや」は災難続きだ。年明け早々にサヤカさんのことがあって、今度はクルー・リーダーのおばちゃんまで倒れてしまうなんて。偶然にも、おばちゃんが運ばれたのはサヤカさんが入院している総合病院で、「まきや」にとって大切な人が二人も入ってしまったと思うと、なんともやるせない。正直、この一週間ずっと心が落ち着かなかった。福島にいる間も頻繁に「メテオ」でニュースをチェックしていた。異常をきたすアイドルの人数は増え続けて、昨夜ついに一二〇人に達した。現役俳優や元モデルにまで範囲が広がって、やがては一般人でも発症する人が現れるのではと懸念されている。アイドルなんていう職業、私とは無縁だけど、サヤカさんと理奈おばちゃんが身近にいるせいで親近感を覚えた。それは「まきや」のクルーも同じみたいで、休暇が明けて出勤するとみんなが口々に「特定の職業の人だけが罹る病気なんてあるのかな?」と話していた。

特定の職業の人が罹る病気か。アイドルや俳優やモデルなど、浮いた職業の人だけが罹るなんてあり得るのかな? しかも不可解なのは、ニュースによるとその病気は感染性ではないことだった。一緒にステージで歌ったから感染したのならまだ話は分かるけど、互いにいっさい接触もなく、遠く離れた地域で似たような症状が同時発症するというのだから専門家も頭を抱えている。メンタルの病ではないかという説も流れた。世間から浮いた職業の人だけが発症するメンタルの病。そんなものがあるのかな？

「どうもすみません。妻がお世話になりました」

理奈おばちゃんの旦那さんが緊急病棟に駆け込んできた。私に向かって深々と頭を下げると、髪が薄くて頭頂部の地肌が透けているのが見えた。おしゃれなネクタイが似合う顔も皺が多い。え？　もしかしてお父さん？

「驚いたでしょう？　うちの旦那よ。こう見えてもあたしと同い年なの」

ベッドでおばちゃんが咳き込みながら言った。同い年ということは五十五歳？　そうか、旦那さんはプロテインを飲んでいないから年齢相応なんだ。ご夫婦というよりも父娘に見える。

旦那さんはおばちゃんの呼吸がひどく苦しそうなのを心配されて、酸素マスクをつけてもらおうと先生に掛け合った。先生は検査で異常がなかったからつけられないと渋っていて、その間にもおばちゃんの顔色はどんどん悪くなっていく。ようやく酸素マスクを装着してもらうと、おばちゃんはさっと私の手を握り、か細い声で訴えた。

「サヤカの様子を見てきてほしいの。五階の５０７にいるから、お願い」

「こんな時に他人の心配なんかするなよ！　自分のことが第一だろ」

旦那さんが叱った。私も同感だったけど、おばちゃんの頼みだから引き受けることにした。私は旦那さんから再び頭を下げられると病室を出て、エレベータに乗って５０７号室を訪ねた。病室の前にはなんと、たくさんの報道陣が詰めかけていた。今いちばん世間で話題になっている病気だから無理もないけど、あまりにも多くの記者がこぞって病気の人の姿を撮る光景はなんだかとても無礼だった。しかもサヤカさんの病室は、まるで撮ってくださいとでもいうように全面ガラス張りになっていて、これは看護師さんが僅かな異変も見落とさないようにするためだ。サヤカさんは腕に点滴をされて、体の他の部分にもいろんなチューブを繋がれたまま、少女のように幼い顔で眠っている。警察で意識を失った時からずっと今の状態なのだろう。親友の理奈おばちゃんが自分が倒れてまで彼女を心配するのにも頷けた。年越しイベントのセンターで歌っていた時とは別人のようだった。

どうして、こんなことになっちゃったの？　目を覚ましてよ。またサヤカさんの歌が聴きたいよ！

気づけば私も報道陣と肩を並べて、食い入るようにベッドを見つめていた。

「あのう、すみません。あなたは先ほど小柳里奈さんの病室にいた方ですよね？　緊急病棟に運ばれた元アイドルの小柳里奈さんと会ってましたよね？」

隣の男性から声をかけられた。機材を肩に担いだいかにも芸能記者ふうの大柄な人だ。この人、私のことをつけていたの？　しかもおばちゃんのことまで知っている。旦那さんと三人でいるところもずっと見られていたのかと思うとぞっとした。

「あなたは芦田サヤカさんともお知り合いなんですか？　ねえ、二人の普段の様子はどうだったんですか？　体調が悪そうだったとか、こうなる兆候はありませんでしたか？」

記者はぶしつけに私を質問攻めにしてくる。こんな人に普段から追いかけられているのかと思うと、アイドルがつくづく気の毒になった。

「知りません。動けない患者さんを一方的に撮り続けるなんて、失礼ですよ。やめてください。私のこともつけてこないで」

「いやあ、べつに僕は興味本位で他人をつけ回しているわけじゃないんです。ただ少しでも彼女たちの日常に迫りたくてね。みんなプロテインを飲んでいたでしょう？　芸能人だけが飲める老化防止のやつ。俺たち記者の間では、アイドルたちの異常行動はあの「レヨンダ７」が原因の副作用じゃないかと踏んでいるんです」

「プロテインですか！」

「そうです。二人もあれを飲んでいましたか？」

「はい。一日六回、二錠ずつ規則正しく服用していました」

思わず口が滑ったのではない。胸騒ぎがしたから正直に答えたんだ。もしもあのプロテインが原因なら大ごとだ。

「こりゃあすごいスキャンダルになるぞ。あれは厚労省が処方しているサプリメントなんだ。副作用が証明されれば一大スクープになるぞ」

記者は鼻息荒く、目を輝かせた。

それから一週間が過ぎた頃、プロテインの副作用のニュースは世間を大きく騒がせることになった。問題になった半透明のソフトカプセル「レヨンダ7」は、まぎれもなくおばちゃんや「オリエンタルズ」のメンバーが服用していたものだった。連日にわたって大臣たちがカメラの前で謝罪する様子が報じられた。

しかしこれで何かが解決したわけではなかった。副作用の被害に遭ったアイドルたちはいまだに記憶や意識が戻っていない。理奈おばちゃんは鎮痛剤の点滴を打ってもらっているけど、いっこうに激しい胸の痛みは治まらずに、先の見えない長期入院が決まった。柏木店長からおばちゃんの代わりに、私がクルー・リーダーに任命された。私には人をまとめる力があるんだって。店長から評価された嬉しさの半面、おばちゃんのことを思うと複雑な気持ちだった。

サヤカさんもまだ目を覚まさない。けれどこれで「まき坊」を襲った記憶がないことが、彼女の嘘であるという疑いは晴れた。アンドロイドに仕事を奪われた崖っぷちアイドルが再起をかけた演技だと書いたコラムニストは、今頃はバツが悪いだろうな。だけどどうして副作用が出ると、攻撃的になってしまうんだろう？　ビルのガラスを割られたり家に押し入られたりした被害者は、早くも損害賠償のための訴訟を始めたらしい。医学的に詳しいことが解明されるまでにはまだ時間がかかりそうだ。それまでに世間の関心はどれだけ続くのだろう。みんな忘れやすいから、おばちゃんとサヤカさんが元気になる頃には、こんなスクープがあったことすら忘れられているのかもね。それならそれで平穏な日常に戻れるのかもしれないけど、苦しんだ人たちの記憶がいとも簡単に忘却されてしまうことに、私は疑問を抱く。

7 サクラ・マニアック

おもてなしの冬はあっという間に過ぎていった。

真冬は行事が少なかったせいもある。日本は二月の頭に春節を祝わないし、バレンタインも餡子をチョコレートに変えたおはぎをサービスしただけであっけなく過ぎてしまった。三月に入ってもホワイトデーは祝わない。ホワイトデーは人種差別的な響きがするから評判が悪いんだ。ホワイト、つまり「白人のための日」になるんだって。人種国籍を問わずすべてのお客様を大切にするおもてなしの理念にはそぐわない。

四月に入り、東京もようやく春めいてくると、「まきや」のクルーは大きなイベントに向けて動き出す。桜まつりだ。世界には「**サクラ・マニアック**」と呼ばれる人たちがいて、彼らは毎年春になると日本に上陸し、九州からスタートして桜前線を北上する旅をする。彼らがニッポンの桜のすばらしさを全世界に広めてくれた。そんなありがたき**サクラ・マニアック**たちは、例年よりも遅い今年の開花にあわせて明日から東京にいらっしゃる。そのためにクルーは準備に大忙し。

四月ということもあり、新人が三人入ってきた。ひとりはハラール料理が専門のシェフで、イスラム教徒のお客様対応を強化していく店の方針で雇われた。残る二人はなんと、池袋のファミレスでマクスウェルの管理人だったという。福島で知り合った「ふたば食堂」の瑠璃さんを思い出させた。瑠璃さんとは一緒に「モール・オブ・ナミヱ」に行ったことで親しくなり、今ではしょっちゅう「メテオ」で連絡しあう仲になっている。クールで表情が顔に出にくい人だから、最初は取っ付きにくい印象を受けたけど、じっくり話せば温厚で誠実な人柄なのがよく分かったし、サバサバして付き合いやすい人でもあった。瑠璃さんもおもてなしがしたいと言っていた。マクスウェルの管理人からおもてなしへの転職希望者は世の中案外多いのかもしれない。

忙しい店長に代わって、クルー・リーダーの私が新人研修を行うことになった。まずは基本から。ハラールのシェフには厨房のルールを教え、マクスウェルの管理人だった二人にはテーブル・セッティングと人間への接し方のいろはを教えた。そして何より大事なのは、BBスクリーンが弾き出す分析表示の読み取り方だった。マクスウェルがいるような店にはBBスクリーンはない。生身の人間のクルーがお客様を、それもド庶民ではなく二十五パーセントのチップが払える上流クラスのお客様をおもてなしする店だからこそ、BBが必要なのだ。

「これからBBスクリーンの歴史についてお話しします」

なんと今日は私がレクチャーをする。全能の神であるBBの恩恵に当然のごとく授かっているシェフからすれば、その成り立ちを知ることで改めてありがたさに気づくだろう。マクスウェルの管理人だった二人にとっては、これはおもてなしの座学だ。

「昔の日本にBBはありませんでした。話は今から三十年以上も前にさかのぼります。当時の政府は日本を観光立国にするという方針を打ち出したのですが、いざ外国人を呼ぶにあたって充分な対策を練れていませんでした。なので当時の日本人はみんな体当たりでおもてなしをしていたんです。要は、自分たちが一生懸命に頑張れば、世界中の人たちがニッポンの良さを理解してくれると信じ切っていたそうなんです。昔の日本人はピュアだったんですね。そんなおもてなしは大変で、こちらの親切が相手に伝わらずに怒らせてしまったり、気味悪がられてしまったりも頻繁だったそうです。些細な誤解から殴り合いの喧嘩になってしまうこともありました。当時の日本人は自分たちのおもてなしが踏みにじられたと深く傷ついて、一部の人たちは逆恨みから外国人に暴行する事件にも発展しました。そういうのをヘイトクライムと言います。

このような事態を受けて、政府はこれまでの方針を徹底的に見直すことにしました。そもそも、おもてなしとは日本の文化土壌の中から生まれたものだから、同じ文化や価値観を共有しない外国人には、私たちの所作の意味するところも、ましてやその美徳も理解できるはずがありません。もてなしたいという、こちらの熱い想いだけでは文化の壁は乗り越えられないのです。ならばこちらが先に彼らの文化や価値観を理解して、彼らが喜ぶおもてなしを編み出せばいい。政府はそう考えました。そしてそれを「おもてなし対策案」としてまとめたのです。

次に課題になったのは、「おもてなし対策案」をどう実現するかでした。日本は島国で、当時は今とは違って移民も少なかったので、異文化や多文化を理解するのは難しかった。そこで発明されたのが『プロファイリング・デバイス』でした。これは世界中の人々の人種、性別、宗教、言語、国籍、地域性、文化圏、性的嗜好、政治志向などをベースにした膨大なデータ収集をはかり、そこから個々人の性格をあぶり出すという画期的なシステムです。『プロファイリング・デバイス』は政府主導で開発が進められて、それと並行して、多言語による自動同時通訳機の開発も進められました。自動同時通訳機の方が早く完成して、ヘッドセットの形になりました。みなさん、ここでもうお分かりですよね？　私たちが使っているヘッドセットの初期モデルの誕生です。

数年後にはヘッドセットと『プロファイリング・デバイス』を連携させることが可能になりました。そこから一気に実用化の道が開けます。監視カメラを使ってプロファイリング・データを映像化して、そこにヘッドセットを連携すれば、個々人の性格が分かってさらに言葉の壁もなくなったんです。そうです。これがBBスクリーン第一号です。BBは実用化されて日本中のホテルやレストランを始めとした観光施設に導入されました。BBは今もなお、精度を高めて日々アップデートを繰り返しています。どうでしょう？　分かりましたか？」

新人たちは真剣にメモを取りながら聞いていた。私自身も入りたての頃は先輩から同じレクチャーを受けたことを思い返すと、なんだか初心に帰るようで身が引き締まる。三人はいまから実践開始だ。BBと店長がしっかり見守ってくれるから大丈夫ですよと、彼らを励ました。

クルー・リーダーの私にはこれから大きなおもてなしが待っている。特別室のご予約のお客様。トルコの大富豪だという。もちろんサクラ・マニアックだ。

「ジェット族がご到着されました」

いよいよだ。久しぶりの緊張でぴんと背筋が伸びる。

「ようこそ『まきや』へ。お待ちしておりました」

「一年ぶりだね。今年もまたここに来られて嬉しいよ」

「そう言っていただけると大変光栄です」

私はジェット族の六名様に深々と頭を下げた。ジェット族とはトルコの富裕層の愛称のこと。まるでタクシーに乗るように気軽にジェット機で移動する彼らのライフスタイルから、そう呼ばれるようになったらしい。上質なスーツやドレスに身を包んだ六名様は、華やかなオーラをまとっていた。

「スモウ・ルームをご用意しておりますよ。靴のままどうぞお上がりください」

特別室はスモウ・ルーム。相撲の土俵をイメージした土のフロアーに、鉄板焼きをする広いテーブルがある。土俵の周りを青い竹林が囲んでいて、レプリカだけど古井戸もある。日本の民話に描かれる森

の中でディナーを楽しめるような演出になっているんだ。しかも桜まつりの今は、ライトアップした天上から立派なしだれ桜が枝を傾けて、淡い小さな花びらが辺りに舞っていた。これは本物の桜の木で、クルーみんなで頑張って準備した。

「これは本物の桜なのかね？」

紳士らしい品のある笑顔で殿方が天井を見上げた。「じつに見事じゃないか！」

「ありがとうございます。夜桜をお楽しみくださいませ」

「いいや、これは皮肉なのだよ。桜の木を伐採したりして、君たちの国は地球環境のことを考えてないんだね」

殿方がそう言って大きなため息をつかれると、他の紳士淑女も呆れたようにくすくす笑われた。私は返す言葉を見つけられずに苦笑いになってしまう。BBの分析では、「ジェット族のプライドの高さは松坂牛の値段と同じ」だと解説されていた。今夜のおもてなしはなんだか大変になりそうな予感がするな。

特別室のディナーの目玉である鉄板焼きは、シェフの駒田さんが取り仕切ることになっていた。

「神戸ビーフと松坂ビーフ、どちらになさいますか？　どちらもハラール・ビーフになっておりますので、ご安心くださいませ」

トルコはイスラム教徒の国だけど戒律は比較的緩やかだ。お客様は豚肉こそ召し上がらないもののアルコールもお飲みになる。それでも念のために牛肉はハラール処理したものを用意していた。

「まずは神戸ビーフからお願いするよ。ミディアム・レアでね」

「かしこまりました。それでは始めます。桜よ、散れ！」

駒田さんの鉄板焼きパフォーマンスが始まった。最高級の神戸牛がじゅうじゅう焼かれる芳しい香りがスモウ・ルームに漂う。サイコロ状にカットすると「桜よ、散れ！」の号令にあわせて、勢いよく宙へ放りあげた。サイコロ肉はまるで桜の花びらのようにはらはらとお客様の頭上を舞うと、六名様それぞれのお皿の上に適量ずつすとんと着地したのだった。

手品を見ているようだった。スモウ・ルームが歓声に包まれた。おもてなしは大成功。

駒田さんはジャグリングからヒントを得たそうで、何度も何度も訓練してこのパフォーマンスを完成させたそうだ。

紳士淑女は日本酒で酔い始めたこともあって食が進み、あっという間に神戸牛を召し上がった。さすがジェット族は「早食い」も優雅なのだった。お肉の方が喜んで彼らの口に入っていきたがっているようにに見える。「それでは続いて、松坂ビーフに参ります」と駒田さんが次のパフォーマンスを構えた時、殿方のひとりがちょっと待ってくれと制した。

「今度は松坂ビーフを皿の上じゃなくて、君の乳首に着地させてくれよ。サイコロの大きさがちょうど乳首と同じサイズだろ?」

卑猥なジョークに駒田さんが顔を赤らめると、殿方がいっせいに笑われた。

「今すぐコック服を脱いでくれ」

「俺たちは君の乳首の色が見たいんだよ。レアの状態のビーフと同じ色なのか、それともこんがり焼いた後の方なのかなってね」

駒田さんが恥ずかしそうに黙ってしまったので、その世間ずれしていない様子が殿方の心に火をつけてしまったらしい。ジョークはますます燃え上がった。

「なんなら代わりに、こちらのウェイトレスに脱いでもらってもいいんだよ。さあセニョリータ、マドモアゼル、呼び方はどちらでもいいさ。がばっと大胆に脱いでくれよ。ニッポンは女が裸で男にサービスするのが文化なのだろう？」

ジョークの矛先が今度は私に向けられた。殿方はＡＶのことをおっしゃっているのだと、ぴんときた。日本のＡＶ産業はあらゆるジャンルのエロを網羅した作品を送り出して、世界中のアダルト・マーケットを席巻しているのだとか。私は頭をフル回転させた。ここでうまく切り返せるかに、おもてなし能力がかかっているんだ。

「お客様、そのようなサービスをご要望でしたら、神戸ビーフと松坂ビーフをあと二十枚ずつお召し上がりになってくださいませ。満腹になられた方が、より興奮できるかと思われます」

殿方がいっせいに爆笑されたので、ほっとした。相手を怒らせず、やんわりとはぐらかす。それで高級肉の追加注文も得られたならパーフェクト。

「どうして男だけが、そんなサービスしてもらえるのよ？　なんかそれ、不平等じゃない？」

ご婦人が唇を尖らせて不服そうな声を出された。三名は女性だった。しくじった。殿方を笑わせたことで女性陣を怒らせてしまったらしい。女優のように堀が深く美しい顔立ちの婦人たちは口々に不満を募られた。

「ニッポンでは男さえ喜ばせていればいいんでしょうけど、私たちだってゲストなのよ。ねえ、あなた、もしかして私たちのことが透明にでも見えるの？」

「あなたが脱ぐのだったら、私だって可愛い男の子のシェフやウェイターに脱いでもらいたいわ。ここに呼んできなさいよ」

「そうよ。ウェイターのペニスが見たいわ。女も男と同じ欲望があることを知らないの？」

ああ、なんだか殺されそう。女性陣のお怒りは治まりそうになく、場はすっかり盛り下がってしまった。

これはもうひたすら謝って許してもらうしかない。

「大変申し訳ございませんでした」

駒田さんまで一緒に頭を下げていた。ちらっと横目で伺うと、駒田さんの両目は真っ赤で涙がこぼれ落ちていた。

「まあ、もういいじゃないか。この子たちを困らせたって面白くもないさ」

さっきまで卑猥なジョークを飛ばされていた殿方が、ご婦人方をなだめにかかる。

「ウェイトレスやウェイターなんか脱がせたって意味がないだろう。人々が本当に裸にしたいのは力を持っている者たちだ。つまり、大衆は俺たちを裸にしたがっているのさ」

彼がそう言って豪快に笑うと、ご婦人の間にもつられて笑いが起きて、場がようやく和み始めた。

「そうね。裸になって喜ばれるのは、私たちの方なのかもね。ざまあみろって」

「私たちが持っているものをすべて捨てて、桜の下で裸になって寝ころんだら、人間というじつに厄介な生き物の本質を垣間見ることができるのかもね」

なんというジョークだろう。住んでいる世界が違いすぎる。私はもう一度深々と頭を下げた。ようやくテーブルは笑顔に包まれる。おもてなしを軌道に戻すなら今だ！　私は日本酒の一升瓶を掲げてみせた。

「それではみなさま、気を取り直して、新しい日本酒をお開けいたしましょうか？　こちらは桜のエッセンスが入ったお酒です。もしかしたらこのお酒も地球環境を考えずに作られたのかもしれませんね。しかし、ニッポンの自然環境は、今宵、お客様の支配下にあります。どうぞご堪能くださいませ」

さっきまでの気まずいムードが嘘のように、テーブルから拍手が沸いた。私はほっと胸をなでおろすと、今この瞬間にできる最高の笑顔で駒田さんに呼びかけた。

「さあ、シェフ。パフォーマンスを始めてください！　桜よ、散れ！」

閉店後の「まきや」の休憩室で反省会が開かれた。

ＢＢスクリーンでスモウ・ルームの接客の様子を監視していた柏木店長から、お叱りを受けた。お客様のご機嫌を一度でも損ねるようなことをするとは、とんでもない失態ですと、ふだんは温厚そうな丸顔を珍しく真っ赤にして怒っていた。昼には新人たちにレクチャーしていたというのに夜には叱られて、まだまだ私はリーダー失格なのかもしれない。確かにあれは猛省に値するほどの失敗だったかもしれないけど、ジェット族のお客様には結果的にディナーを楽しんで頂けたようだし、お帰りになる際には私たちクルーに優しくハグしてくださった。少なくともお客様に後味の悪い記憶を与えてしまう事だけは避けることができたようだ。

反省会を終えて柏木店長が休憩室から出て行くと、駒田さんが泣きながら私に頭を下げてきた。

「ジュジュさん。本当にごめんなさい。あれはぜんぶ私が悪かったんです」

「どうして？　駒田さんが謝ることないですよ」

「いいえ。私が最初にお客様のジョークをうまくかわせなかったから、あのような事態を招いてしまったんです。私って田舎者だから、気の利いたユーモアのひとつも言えないし、ジョークのひとつも切り返せなくて……本当に自分が情けないです」

「そんなに悲観することないですよ。駒田さんの鉄板焼きパフォーマンス、すばらしかったです。あれがあったから、あの後なんとか良い雰囲気で終えることができたんですよ」

「そうですかね。そんなふうに言ってもらえると救われます。私、お金持ちの前だと萎縮してしまうから、トークよりもパフォーマンスで勝負するしかないんです」

駒田さんはコック服についている白いタオルで頬の涙を拭った。

「まったく災難だったよな、二人とも。あんまり気にするなよ」

料理長の斗夢さんが慰めてくれた。休憩室で叱られている私たちに同情してくれているのか、斗夢さんだけでなくサーシャとバーテンダーの広崎くんまでまで帰らず残ってくれていた。

「私もBBで見ていたけどね、二人ともよくやっていたと思うわ。駒田さんはそんなに落ち込むことないよ。でもね、これだけは知っておいた方がいいわ。人はなぜかお金持ちになればなるほど、エロくなるの。これ世界の常識よ。私のようなムスリムの女は人前で下ネタなんか言うのは絶対にタブーなのに、お金持ちは別世界に住んでいらっしゃる。まるで自分たちのことだけはアッラーが見逃してくださるとばかりに、卑猥なことをやっているの。さっきのジェット族なんてまだ上品な方だわよ」

サーシャがそう言って呆れたように首を左右に振ると、頭につけたヒジャブの布が顎のところで揺れた。

「俺なんか脱げって言われたら、すぐに脱いじゃいますけどね。金持ちほどエロいのなら、ばんばん脱いでチップたくさん稼いだ方が賢くないですか?」

バーテンダーの広崎くんが、サーシャの意見に別の意味で興味を抱いたらしく、話に入ってくる。

「広崎、おまえ若いのにどうしてそんな考えなんだよ？　そういう感覚、俺にはないけどなあ」

「いや、だって単純にカネがあった方が自由になれるじゃないですか？　俺、たくさんカネ貯めたらこの店を辞めて、世界中を旅して周ろうと思っているんです。それで、自分の肌に合いそうな国を見つけたら、そこに永住しようかなと」

「なんかそれ、うちの弟みたいなことを言いますね」

駒田さんが驚いたように広崎くんを見た。福井にいる高校生の弟さんが日本には希望がないからと、海外に出たがっているという話を以前に聞いたことがあった。

「最近の若い子は、みんなそんな考えなんですかね。世界中どこに行ったって、すばらしい場所なんてありっこないのに」

そう言うと駒田さんは少し寂しげに微笑んだ。

「でもね、駒田さん。私は広崎くんの考えもありだと思いますけどね。だって人間、いつどうなるか分からないじゃないですか？　サヤカさんや理奈おばちゃんみたいに、ある日突然、具合が悪くなってしまうこともあるのだから、元気なうちに自由に生きたらいいですよ」

私の言葉でみんなの空気が沈んでしまった。

理奈おばちゃんはもう三カ月も入院している。サヤカさんはそれ以上だ。だけど私が言いたかったのは二人のことだけじゃない。私の父もある日突然、さよならも言わずに逝ってしまった。四十九歳の若さで亡くなると分かっていたら、あんなに働き詰めの毎日じゃなくて、私は父さんにもっと遊んだり自由に生きたりしてほしかったと思うんだ。

「まあ、暗い話はやめて、明るく行こうや」

斗夢さんが場をとりなした。

翌日の昼さがり、サヤカさんが四カ月ぶりに目を覚ました。

ベッドの上で不思議そうにあたりを見回すと、私はどうしてここにいるんですか、とお医者さんに問いかけたという。警察で倒れたことを伝えられると驚いていたという。理奈おばちゃんが自身も点滴をつけながら車椅子で病室に会いに行くと、嬉しそうにしたという。サヤカさんは独り身でご家族もいないそうだから、おばちゃんが唯一の家族のような存在なのだろう。「オリエンタルズ」のメンバーも駆けつけることになったけど、待っている間にサヤカさんは再び眠ってしまったそうだ。以来、彼女は起きるけれどすぐにまた眠るという状態を繰り返していて、一日に二時間しか起きていられない。

8　夜ノ森の桜

夜ノ森の桜を見に行こうと今年も誘ってくれたのは、看守の中塚だった。

ここは福島の桜の名所で、去年ここで初めて桜を見た時は、まるで自分が浄化されたような清らかな感覚に包まれた。たくましい枝をたたえた木々を彩る繊細で柔らかい花びらがあまりにも美しくて、見上げているだけで汚れた過去が一掃されたような気分になったのだ。まあ、現実にはそんなに都合よく過去を清算できるものじゃない。そんなことは分かっている。

福島で生まれ育った中塚看守は、物心ついた頃から夜ノ森の桜を眺めてきたそうだ。看守はごわついた硬い手のひらで、同じくごわごわした黒い幹を撫でながら、「おまえさんもずいぶん歳をとったな」と桜の木に向かって優しげに語りかけた。そんな看守の姿を受刑者たちは面白がって眺めた。

花見には宮下と、防護服の洗濯を担当している鴨志田もついてきた。看守は他の受刑者にも一通り声をかけて回ったそうだが、花見に興味がない奴が多くて、結局、集まったのは俺とこの二人だけだった。

「看守と一緒に花見なんて、そりゃあ嫌がるわな」と中塚は言って、がははと豪快に笑ったが、俺は違うと思う。看守と花見をするのが嫌なのではなくて、心がささくれ立った連中は、花など眺められる心境にないのだ。去年までの俺がそうだったからよく分かる。

雄大で淡い桜色のカーテンの下をみんなで並んで歩いた。どの木もじつに見事に咲き誇っていて、春の柔らかい風にのって鼻腔に届く香りが心地よい。控えめなのに優雅な香りは人の心を解きほぐす。俺は今まで桜は、桜漬けのイメージから塩辛い匂いがするものだと思い込んでいた。だが違った。夜ノ森に来て本当の香りを知った。

「焼きそばの美味しい香りがしませんね。たこ焼きも、ケバブも」

隣を歩く鴨志田が、あたりの空気を嗅ぎながら言った言葉が皮肉だと分かるまで、少し時間がかかった。

夜ノ森は桜の名所には珍しく、食べ物屋台を出さない方針を貫いていた。日本中どこも花見といえば出店を並べて、マクスウェルにジャンクフードを作らせている。焼きそばやたこ焼きならまだしも、インドやアラブ諸国からの観光客にあわせて強烈なスパイスを使った料理の屋台はどうにもいただけない。「サクラ・マニアック」たちははるばるニッポンまで花見に来ても、自分の国で食べている物と同じ食べ物がないと腹を立てるらしいのだ。

「サクラ・マニアック」の連中はここにも大勢来ていて、様々な国の言葉がメロディの違う音楽のように騒々しくあたりに飛び交っている。夜ノ森は四十年前の震災の頃は線量が高くて、花見はおろか人が入れなかった時期が長かった。やがて復興が進み、閉鎖されていた最寄りの駅にも再び常磐線が通るようになると人が戻ってきた。夜ノ森の桜にはそんな震災の悲しみと復興の「物語」が宿っているのだ。「サクラ・マニアック」たちはマニアだけに、そのことを知った上で集まってくる。ケバブや焼きそばと一緒に夜ノ森の「物語」まで気軽に食べられるのは不愉快だ。だからここは屋台を出さないのだろう。

「俺さ、ずっと前から思っていたんですけどね、どんなに世界中の人たちが日本の桜を愛していようとも、桜は日本人だけのものですよ。その良さが本当に分かるのは、俺たちだけだと思いますね」

前を歩いていた宮下が何を思ったのか、突然そんなことを言い出すと、鴨志田が可笑しそうに茶化した。

「いきなりどうしちゃったんですか？　宮下模範囚。愛国心に目覚めたとかですか？」

「いいや、そういうわけではなくてね。桜は俺の人生のカレンダーなんです。俺は長いこと千葉の刑務所にいたんですが、監房の窓から遠くに一本だけ桜の木が見えたんです。毎年、それが色づくのを見るたびにね、ああ、もう十八年か、二十二年かと数えてね。過ぎゆく俺の刑期と重ねあわせていたんです。桜の年輪をそんなふうに感じるなんて、やっぱり俺は日本人だなとしみじみ思いますねえ」

茶化すつもりだった鴨志田は怯えたように目を泳がせた。なぜか中塚看守が感慨深げに頷いていた。

「桜は人生のカレンダーか。おまえの言うとおりだと思うよ。みんなこっちに来い。見せたいものがある」

看守はそう言って、俺たちを数メートル先にある木の下に誘った。ほかの桜の木と特に違いがあるようには見えなかったが、看守はそれを見上げると、細い目を涙で滲ませた。

「これは俺の弟が大好きだった桜の木なんだ。ほかの木と変わらないように見えるかもしれないがな、俺たちには、枝ぶりとか幹の色で違いが分かるんだ。弟は十六年前に亡くなった。白血病だった。あいつも俺とおんなじで長いこと原発作業員だったんだ」

俺たちはしんとなった。看守に弟さんがいたことや、だいぶ前に亡くなられたことは聞いていたが、そんなふうに言われると、会ったこともない弟さんがこの世に確かに存在していたんだなと、妙にリアルな実感が湧いてくる。

「俺は毎年、弟に会うためにここに来ているんだ。この木を見上げるたびにな、あいつはここで元気に生きているんだなと思うんだ。ほら、あの花びらの隙間から兄貴のことをちゃんと見ている。はっきり感じるよ。頭がおかしくなったと思うなよ。俺もあいつもまたひとつ歳を取った。人生のカレンダーをまた一枚めくったな」

看守の視線の先にある柔らかな桃色の花びらを俺もじっと見つめた。桜は派手な花じゃない。優しくて穏やかで、十日くらいで散ってしまうはかない花だ。永遠に続く関係なんかこの世にないが、せめて一年に十日だけは、永遠があることを感じてみたい。

「おい、どうしたんだ桃ノ井?」

ふと気づいたら、看守と宮下と鴨志田が驚いて俺を見つめていた。慌てて自分の頬に手を触れる。気づかないうちに泣いていたのか涙でびっしょりぬれていた。しまった、情けないところを見られたな。

「大丈夫か?」

心配してくれる看守の言葉に、取り繕おうとした頑なな心がほぐれていく。

「中塚さん、俺のおやじも死んだんです。もう六年も前なのに、今でも信じられません。どうやったら克服できますか?」

涙が次々にこぼれ落ちていく。あふれ出した感情は止めようがなかった。この言葉が看守に対してではなく、自分にかけたかった問いだと、今ようやく気づいた。宮下が何も言わずに静かに背中をさすってくれていた。

「俺だって克服なんかしてないんだよ」看守の目からも涙がこぼれ落ちていた。

「本音を言えばな、今でも弟が、あいつが死んだことが信じられない。震災は風化させちゃいけないけど、風化させなきゃいけない感情もあるのだと思っている。しんどいが、そうしないと前に進めない。だがな、桃ノ井。おまえのおやじさんは、天国からおまえに何かメッセージを伝えたがっているんじゃないのかな? おまえがそれを感じ取れないだけでさ。だからおまえの心から離れて行かないんだよ」

「おやじがメッセージを俺に? そんなことがありますかね?」

「それってスピリチュアルの世界ですか?」

鴨志田が話に入ってきたが、茶化しているふうではなかった。

「中塚さんは弟さんからのメッセージを聞いたことがあるんですか?」

「あるよ。あいつが息を引き取ってから数年はずっと声が聞こえていたよ。こんなふうにするとな、今でも聞こえるようだよ」

看守は桜の木を抱き寄せると、そっと耳を当てた。まるで声を聴きとっているかのように、幹に耳をくっつけた。そして目を閉じたまま語り続けた。

「悔しいことに、原発作業員の死というのは、悲しんでくれる人ばかりじゃなかったんだ。弟は国家に殺されたようなものだから、国を訴えろと焚きつけてくる連中や、東電で働いていたのだから、おまえも悪者の一味だと罵ってくる奴らもいた。弟の死を利用して自分たちの思想を貫こうとする連中が、世の中にはこんなにもいるのだということを、あの頃は嫌というほど思い知ったな。天国から『負けるな、兄貴』って、あいつの声が聞こえた気がした。もちろん、現実にはそんなことはないんだろうがね、当時の俺はそれをあいつからのメッセージだと思ったんだ」

「中塚さんは強いんですね」

俺が語りかけると、看守はようやく幹から耳を離してこちらを向いた。

「もとからそうだったわけじゃねえ。強くなるしかなかったんだよ。『がんばっぺ』って自分にずっと言い聞かせてきたさ。『がんばっぺ』って分かるか？　昔の方言だよ。今の人は方言もほとんど使わなくなっちまったけどな」

「俺たちこれから言います。がんばっぺって」

「おう。合言葉にしようじゃないか。原発で働くにはタフじゃないといけねえからな。かつては全国に五十四基あった原発も、今は二十四基に減った。耐久年数を過ぎた原子炉の修理を重ねてきたけどさ、いよいよ限界に来て廃炉にした。世界的な脱原発の流れもあって、昔よりはだいぶ減ったよ。それでもまだ二十四基あるんだ。原発がある限り、喧嘩は絶えねえからな。がんばっぺの精神で行くんだよ」

「もしも、中塚さんが死んでしまったら、弟さんの時と同じように世間から責められるんですか？」

俺は何を言っているのだろう？　自分でもバカな質問をしていると思ったが、言葉が勝手に飛び出した。罪を犯した俺ならともかく、更生を助けてくれる看守がバッシングされるのは耐えられそうにない。

「心配するな。俺はそう簡単には死なねえよ。必ずイチエフの廃炉を見届けるし、廃炉が終わっても長生きしてやっからな。見ていろよ」

力強く言い放った看守の言葉は俺たちを励ました。宮下も鴨志田も真剣な顔で頷いていた。

「よし、花見が終わったら、飯でも食いに行くか？　タフでいるためには体力が必要だろう？」

気分を変えようとしてくれたのか、看守は明るい声を出した。もう一度、桜の木を見上げると、ごわついた手の平で幹をぽんぽん叩く。「来年もまた会いにくるからな」と桜に語りかける看守の声は優しくて、どこか寂しげだった。

花びらの隙間から、俺のおやじも見守ってくれているかなと期待したが、何も感じ取れなかった。俺がメッセージを受け取れる日は来るのだろうか？

「またいつもの食堂に行きますか？」

宮下がみんなに呼びかけた。

「瑠璃ちゃんの店だな？　いいだろう。それにしても瑠璃ちゃんはいつも愛想がないよな」

看守がそう言って笑うと、つられて俺たちも笑った。

満開の桃色のカーテンの下を来た時とは逆の方向にみんなで並んで歩いた。花びらが一片、空から降りてきて肩の上にのった。桜の季節は短い。あっという間に春は終わり、気づけば今年も暑い夏が来るのだろう。時が過ぎるのはきっと早い。そう思えば、俺の出所もそう遠い先の事ではないのかもしれない。

桜が希望を運んでくれた気がした。

第2章

おもてなし愛

9 免震重要棟

夏の陽射しが照り返すイチエフで事件が起きたのは、七月最初の水曜日のことだった。

一号機の解体作業に就いていた受刑者が脱走したのだ。廃炉作業中に被爆への恐怖からパニックに陥り、建屋を飛び出すと敷地を抜けて一日散に近くの森へと逃げ込んだ。彼はここに収監されてきたばかりで、廃炉作業というものにまだ慣れていなかったのだ。放射能の恐怖の中でも平静を保ち作業ができるようになるには、ある程度の経験が必要だ。パニックになった彼は森に二日も身を隠して、ぶるぶる震えていたという。防護服は着たままだった。身柄を確保された時も体のひどい震えが止まらずに、今はメンタル・ケアを受けている。いずれは他の刑務所に移送されて厳罰を受けることになるだろうが、心のケアが優先だと判断されたようだ。「身体サーベイ」にかけたところ、3カ月分の線量を食らっていた。二日も森の中にいたせいだろう。森の木々は除染が後回しにされている。

この出来事は大ごとだった。イチエフは通いの刑務所でありながら、これまで一度も脱獄騒動を起こしたことがない。出所した者の再犯率もゼロというういわば優良な刑務所だったのだ。それが今回こんなことになってイチエフの所長は更迭された。新しい所長がやってきて、この新所長の方針のもと監視カメラの数を増やし、俺たちへの監視の目は厳しくなった。新しい所長はヤマダといった。

「免震棟に集合せよ！」

敷地全体にヤマダ所長のアナウンスが流れると、俺たちはいったん持ち場を離れて駆けつけた。集められたのは「免震重要棟」と呼ばれるビルで、そこは通信設備や電源設備、会議室などが備わった建物だった。受刑者全員がそろったのを確認すると、ヤマダは威圧的な口調で号令をかけた。

「反省会を始める。午前中のおまえたちの仕事ぶりを見直す」

「よろしくお願いします！」

受刑者たちは声をそろえて返事をした。反省会では監視カメラに映った作業の問題点を指摘され、私語を話していた者は慎むように厳重に注意される場だった。

「桃ノ井、おまえは動きが遅いぞ」俺も厳しく注意を受ける。「おまえはひとつの作業を終えるまでその場にいないで、逐一、遮蔽シールドに避難して被ばくを防ぐようにしろ。敷地内でも放射線量の高い場所と低い場所があることとくらい頭に叩き込んでおけ」

「申し訳ありません。ただちにそのようにいたします！」

俺は自然と背筋が伸びた。ヤマダ所長は抜け目がない。厳しいが指摘は正しかった。

「それでは作業に戻りなさい。ＡＤＰが作動しているかしっかり確認するように」

ＡＤＰとは防護服の胸元につける線量計のことで、一日の被ばく線量が一定の基準値を超えるとアラームが鳴る。

「免震重要棟」、略して「免震棟」を出ると、空に七月の太陽が照り輝いていた。敷地のアスファルトへの反射光が強いせいで全面マスクをしていてもまぶしい。二枚重ねにしたグローブの手で体に触れると、白い防護服の表面が溶けそうに熱くなっていた。それでも背中の内側についているファンが高速回転しているおかげで、体を涼しく保ってくれた。この世界一快適な作業服を着ていなければ、熱中症で倒れていたことだろう。猛烈な暑さを倍加させるような轟音が原子炉建屋から鳴り響いていた。一号機から半年遅れて、三号機の解体作業が着手されていて、「キリン」と呼ばれる背の高いクローラー・クレーンが何台もそびえていた。すでに建物が残り三分の一ほどになった一号機に続き、三号機もこのまま順調に解体されれば、ついにこのイチエフから建屋のすべてがなくなることになる。

三号機の外では中塚を中心とした看守たちが工程表と睨みあっていた。原子炉建屋の解体は一般のビルのように簡単にはいかない。解体にともなって大量の放射性物質が空気中に飛散するから、当然のことながらダイナマイトで一発破壊するような荒っぽいことはできない。まずは建屋全体をすっぽり覆う巨大な「建屋カバー」で放射能をガードして、それから中の構造物を慎重に解体していきながら、同時に除染をしていく。安全なレベルまで線量を下げたところで、バラした中の構造物を外に出し、そして最後に初めに取り付けた「建屋カバー」を解体すれば完了だ。高線量の中での緊張を強いられる作業の連続だった。

「おまえら始めるぞ！　持ち場につけ」

中塚看守が手を挙げて俺たちに呼びかけた。

「どうぞご安全に！」

俺たちは互いに声をかけあった。頑張ろうでも気をつけようでもなく、ご安全に。四十年前の震災の時から、原発作業員たちが使っていたこの独特な挨拶が俺たちに引き継がれた。

俺はヘルメットの頭を上下に動かしながら、周りの状況に注意を払った。天井が抜けているから、一階のこの場所から三階のフロアーまで見上げることができた。足元を見下ろせば床も抜けていて、地下一階の格納容器の底の一部がはっきり見えた。原子炉建屋はマンションで言えば十五階建てにもなる地下一階、地上五階建ての大きな建物だ。解体が順調に進んでいる今、まるでいびつな断面図のように建物の半分がなくなっていた。

ウォリアーの作業音が上からも下からも響いている。上の階にいるウォリアーはアームを器用に動かしながら、鉄骨が剥き出しになったコンクリートの壁を切り崩していた。下の階では圧力容器と格納容器をバラして切り出す作業をしていた。ウォリアーは本来、こうした大きな作業に向いているロボットだ。戦車のような格好のあいつらが、今は人間よりも頼もしい。

「代々木さん。俺が指示を出すから、君は従えばいい。俺を見て学んでくれ」

今日から俺は代々木という、収監されてきたばかりの男の面倒をみることになっていた。二十九歳で、俺より四つ年上だが、代々木は俺のことを先輩と呼んだ。今日から二人でペアを組んで新人に指導するようにと、中塚看守から任されたのだ。彼にはなるべく安全な作業をさせて、早くここの環境に慣れさせることにした。

「今から防塵ミストを吹き付けにいく。地下は線量が高いからな、上の階から始めよう」

「はい。よろしくお願いします」

俺が先に階段を上ると、代々木は膨らんだ防護服の両足をもたつかせながら必死についてくる。俺も去年まであんなふうだったなと懐かしく思うと同時に、先輩になった自分が少しだけ頼もしく感じた。

防塵ミストは放射能があたりに飛び散るのを防ぐためのものだ。ウォリアーが建屋を解体するのに合わせて、ホースでミストを吹き付けていく。上階といえども線量は高く、作業の途中で何度も「遮蔽シールド」に隠れた。これは高線量から身を守るためのついたてで、先ほどヤマダ所長から頻繁にここに隠れるように注意を受けたばかりだった。建屋の中の線量は一定ではなく、高いところと低いところがある。それを把握しておくことが身を守ることに繋がる。三枚重ねにしたグローブの両手でホースを握る。思いのほかミストの飛沫が勢いよく飛んだ。代々木は飛沫の勢いに体ごと持っていかれそうになりながらも、なんとかゴム長靴の両足を踏ん張っていた。ウォリアーがレーザーカッターからオレンジ色の閃光をほとばしらせて、建屋の鉄骨を切断している。まぶしい光を直接見ないように俺は顔を逸らした。

「あっ！」代々木はホースを誤ってウォリアーの機体に当ててしまった。飛沫があらぬ方向へ拡散して、彼の防護服の全身を濡らした。びっくりしてホースを手から離してしまった。ホースは床でぐるぐる回りながらミストをあたりに飛び散らす。俺が急いで噴射を止めると、代々木は滑ったのか尻もちをついていた。シールドの外側だ、危ない。

「立て！　そこは線量が高い！　被ばくするぞ！」

俺は腕をつかんで無理やり立ち上がらせると、もたつく彼をひきずるようにして「遮蔽シールド」の内側に身を隠した。全面マスクの中で彼の荒い息づかいが聞こえる。これでひとまずは身を守れたと安堵した時、代々木は何を思ったのか、突如、シールドから外へ飛び出した。

「出て行っちゃダメだ！　戻れ！」

俺は彼の体ごとつかむようにして、シールドの内側に引き戻そうとした。俺の腕を振りほどこうと暴れる彼に「何を考えているんだ」と呼びかけると、全面マスクの中の代々木の顔は目の焦点が合っていない。あきらかにパニックになっていた。これはまずい！　俺は彼の頭を押さえつけて、拳でヘルメットをばんばん叩いた。今、俺が止めなければ、こいつは建屋を飛び出して森の中にでも走っていくだろう。

「こっちの世界に戻って来い！　脱獄者になりたいのか！」

代々木ははっと我に返ると、全面マスクの中でぼう然とした顔をあげた。「先輩。僕、どうしちゃったんですか？」

その時、ＡＤＰが大きなアラームを鳴らした。俺たちの防護服の胸についている個人線量計が、甲高い機械音をあたりに響かせたのだ。

「後で話そう。今日の被ばく量を越えちまった。今すぐ建屋を出るぞ」

二人肩を並べて原子炉建屋を出ると、サービス建屋の脱衣所で防護服とマスクとヘルメットを脱いだ。代々木が脱ぐのも手伝ってやる。下着姿で「身体サーベイ」を受ける。ＡＤＰが鳴ってしまったので、今日はもう作業に戻れない。ヤマダ所長から叱られちまうな。俺は中塚看守に事情を話すと、代々木をサービス建屋の休憩所で休ませてやることにした。

「あわや脱獄になるところだったな」

休憩所のパイプ椅子の上で俺もほっと胸をなでおろした。聞けば、代々木は床に尻もちをついた時に俺から「被ばくするぞ」と怒鳴られたところまでしか記憶がないと言った。そうだろうな。危険と隣り合わせの現場では、誰もが一歩間違えばさっきみたいになる。ましてや俺たち受刑者は自分が望んでこの作業に就いたわけじゃないから、心の準備や覚悟が足りないのだろう。だが、自ら望んでここに来た奴なんか過去にもいたのだろうか？　俺たちの前は、アラブ諸国の難民たちが連れてこられていたという。日本語が分からずに被ばくした者も多いと聞く。

「大変ご迷惑おかけしました。桃ノ井先輩がいてくれなかったら、僕、アイドルと同じになるところでしたね」

「アイドル？　なんだよそれ？」

「ご存じないんですか？　今、巷ではアイドルたちがたくさん、記憶喪失や意識不明になっているんですよ。老化防止のプロテインのサプリメントが原因なんです。僕はそんなサプリは飲んでませんけど、さっき建屋で意識が飛びましたから」

「へえ、世間ではそんなことが起きているんだな。そんなふうになってまで、若い外見を保ちたいのかね？　芸能人の世界は分からないや」

不器用で無口だと思っていた代々木は、意外にも気さくにしゃべった。

「そのサプリの中身はプロテインをベースにしてね、他にも多くの成分が含まれていたそうなんです。トラネキサム酸にヒアルロン酸、アルブチンにコエンザイム、油溶性のビタミンA、ビオチンやプラセンタにペプチドもアスタキサンチンも、シトルリンや白金ナノコロイド、ラクトフェリンもフラーレンもね。すべて老化防止に効くといわれるものです。調べれば今後もまだまだ出てくると思いますよ。おそらくは飲み合わせてはいけない成分が相互作用して、今回の悲劇を引き起こしたのだと思います。サプリのカプセルは半年ごとにアップデートされて、成分の種類と含有量を増やしてきたそうだから、医者でさえ正確に原因を究明するのは難しいでしょう」

俺はだんだん気味が悪くなってきた。代々木の話にではなく、彼自身のことが。どうしてそんな話にこんなに詳しいんだろう？

「そのアイドルの悲劇は、君と関係があるような話なのかい？」

「僕だけではなくて、僕たちみんなに関係があることだと、僕は思っています。プロテインのサプリはすべて化学物質から作られています。たんぱく質といっても天然のものは何一つありません。それってなんだか原子力に似ていると思いませんか？　僕たち人間は理想を追い求めたあまり、人間の力の限界を超えた領域に手を出してしまったんです。そして大きな失敗を引き起こしてしまった。大惨事になって絶望して嘆くのか、それとも、そこから新しい希望を見出すのか、それは僕たち次第なんでしょうね」

難しいことをすらすら話す代々木は、作業の時とは別人のようだった。俺は相槌も打てずに、ただじっと顔を見ていた。そして最後に一言、彼に言った。

「いったい、君は何者なんだ？」

10　ナカノ・クラシカル

東中野の住宅街の一角に我が家はある。

二階建ての小さな一軒家は、お祖母ちゃんが生きていた頃から家族みんなで住んでいて、古いけれど改修工事を繰り返しているおかげで、震度八の地震にも耐えられるほど頑丈だ。石の表札と郵便受けのある小さな門から、表玄関までの短いスペースに柿の木が植えられていて、玄関ドアの前の階段には一段ずつ違う花を植えたフラワーポットが並んでいる。母さんは花の手入れが大好きだった。ぼたんやあじさい、ほおずき、サザンカ、すみれと、ポットは季節ごとに違う花を咲かせてくれる。八月の今はひまわりだね。私は母さんほど丁寧に花の手入れはできないけど、水やりだけは欠かさずやっていた。

家を見上げると、一階のリビングと二階の寝室が明るい。ハタチそこそこの女の子が一軒家に一人暮らしだなんて怖いから、防犯のために常に電気をつけて、住人がいるように見せかけていた。電気代はかかるけど仕方ないね。二階のバルコニーには洗濯物を干すための竿が二本わたっていて、その奥の部屋は和室だ。夜になると障子が格子柄のシルエットを描いてキレイなんだ。石の表札にしても郵便受けにしても洗濯物の竿にしても、今どきこんな古風な家があるのは東中野ならではの風景だった。大々的な町開発の話もかつては何度か持ち上がったそうだけど、自治体が古い街並みを残したいからとこれを拒んだ。おかげでこの地域は「ナカノ・クラシカル」として世界のガイドブックで紹介されて、最近では家を外国人旅行者向けに民泊として開放する人も増えた。

花の水やりを終えて中に入ると、台所でカフェインレス・コーヒーが出来ていた。「まきや」ではいつもまかないの緑茶だから、家ではコーヒーにしている。うちのインテリアは家の外観に負けず劣らず古めかしい。リビングには昔懐かしい大型テレビがあって、緑のカバーがついたソファーとおそろいのクッション。ガラスのテーブルには白い刺繍のレースクロスが掛かっていた。ダイニング・テーブルは四人掛けの木製で、同じ木製のカップボードの中には、誰にも使われない家族全員の食器が冷たく重ねられていた。

なんだか寂しい家だった。寂しいのはひとりだからじゃない。この家の空気の中に、母さんと兄さんの気配のようなものが残っているからだ。福島でガイドの仕事に喜びを見出した母さんが、この家に戻ってくることはもうないのだろうな。私だって母さんに以前のような辛い毎日を送ってほしくない。やがて兄さんが出所したら、今度は兄妹二人だけでこの家に暮らすことになるのだろうか？　それもなんだか違うような気がする。二人だけで暮らすにはここは広すぎるし、それになんというか、ここには希望がないような気がした。大好きだったお祖母ちゃんも父さんも、この家で亡くなった。悲しいことも嬉しいことも想い出がたくさん詰まった家だけど、それはぜんぶ過去のことであって、未来に繋がることじゃない。

もしもこの家を未来に繋げる要素があるとしたら、それはここを民泊にして外国人を呼ぶことなのかもしれない。「ナカノ・クラシカル」の町並みを売りに旅行者をステイさせて、三度の食事も提供しよう。おもてなしだ。私の今の貯蓄ではＢＢスクリーンはつけられないだろうな。でもマクスウェルは置きたくない。ＢＢもマクスウェルもなかったら、私ひとりで何人の旅行者をお迎えできるのかな？

私はいったい何を考えているんだろう！　うちを民泊にするなんて、法的なことだってあるのに、母さんたちに相談もせずに勝手にやれるわけがない。妄想ばかり先走って、どうかしている。最近の私は少し変だ。落ち着けと自分に言い聞かせて、飲みかけのコーヒーをシンクに流した。

じつは最近ずっと、あることで悩んでいるのだった。これまでは毎日が順調だった。自分で言うのもなんだけど、私はクルー・リーダーとして立派に仕事をこなしていた。無敵のＢＢを駆使して、お客様のお好みの塩加減やお料理を提供するスピードなども正確に測り、ご要望があればメニューにないお料理だってシェフに作らせた。喉が渇いたという会話をＢＢがキャッチしたら即、アイス・グリーンティーをお出ししたし、ドレスから伸びた腕に鳥肌が見えたら即、クーラーの温度を上げた。テーブルから箸が床に落ちる瞬間の映像をＢＢが捉えたと同時に新しい箸をお持ちした際には、お客様からびっくりされた。いつも最高の笑顔でいることを心がけた。我ながら完璧な笑顔だった。そう。すべてがうまく行っているはずだったのに、私はある時ふと、気づいてしまったんだ。

私のおもてなしには、何かが足りないことを。とても大切な何かがないのだ。

それはお客様のお顔を覚えられないことだった。何度も来店される方のお顔さえ覚えていない。そう気づいた時は愕然とした。おもてなし失格だ。仕事の悩みを唯一打ち明けられるのはサーシャだった。そうしたらなんと、彼女もお客様の顔を覚えていなかった。

「そんなに神経質になることないよ。ちゃんとＢＢがデータ管理してくれるから、常連様に向かって『初めまして』なんて言ってしまう失敗はしないわよ。どうしても以前の接客を思い出す必要がある時は、ＢＢに過去の映像を呼び出してもらえばいいのよ」

そう言ってサーシャは慰めてくれたけど、そういうことではないんだよ。結局、他のクルーたちもサーシャと同じだった。バーテンダーの広崎くんも、料理長の斗夢さんでさえも、お客様のお顔にはおぼろげな記憶しかないと答えたのだ。

私たちはあまりにもＢＢに頼りすぎていたせいで、本当の意味でおもてなしと向き合ってこなかったのではないか？

そのことをサーシャに相談すると、彼女はどうしてそんな疑問を持つのかと言って、露骨にイラっとした顔をされた。確かにＢＢは全能の神のような存在だ。神様に疑問を抱くなんて不謹慎だと思われたのだろう。最近のサーシャはいつもイライラしていた。ラマダンの真っ最中なのだ。イスラム教徒のクルーにとって、毎年やってくるラマダン（断食）の季節はとても辛いものだ。一カ月も空腹に耐え続けながら、美味しそうなお料理をお運びしろというのだから、まさに拷問なのだった。シェフも同じで、ハラールの厨房ではみんな激しい空腹と戦いながら料理を作り続けているせいで、お互い些細なことですぐにかっとなって喧嘩が絶えない。クルー・リーダーとして何度仲裁に入ったことか。イスラム教というのは厳格なようでいて意外とアバウトなところがあって、同じムスリムでも旅行中の場合はラマダンを免除されるんだって。たらふく食べるムスリムと、ひたすら耐えるムスリムがＢＢを通して繋がっているのに、顔も覚えられないってどういうこと？

もしＢＢがないレストランがあったら、どんなおもてなしになるのだろう？　今とは違う展開になるのだろうか？　自分がレストランを開いてみたいと思った。メニューも店の内装も、そしてお客様との接し方もすべて私が考える、文字通り手作りの店だ。想像が膨らむと、その夢はずっと心の奥底に眠っていたものだと気づかされた。そんな夢どうせ叶うわけないと自分で心に蓋をしていた。

私は「メテオ」に手を伸ばす。自然と指が瑠璃さんの番号を押していた。私たちは毎晩のように他愛無い話をして、気づけば互いに何でも語り合えていた。どうしてこんなに親しくなったのか不思議に思うけど、人が仲良くなるのにきっと理由などいらないのだ。

「メテオ」が繋がるとタブレットの画像が拡大して、背の高い瑠璃さんの全体像が宙に浮かび上がった。向こうも部屋のソファーでくつろいでいるところだったから、東京と福島とで離れていながら、まるで同じリビングで向かい合っている気分になる。

「昨日の面接、また落とされたんだ」

開口一番、彼女はがっかりしたように報告した。「なんと、これで十一回目だよ。さすがに気が滅入るよね。ああ、これでまた人間とのふれあいが遠のいた」

瑠璃さんはおもてなしの仕事への転職を本気で考えていて、何度もレストランの面接に行くけれど、隙のないクールな印象が裏目に出てしまうのか、落とされてばかりだ。だけど彼女の熱意は本物だった。お客様のご要望に耳を傾け自分の手でお料理をお運びしたい。彼女は心からそう思っている。私たちが仲良くなったことにもし理由があるとしたら、それは「おもてなし愛」という共通点だ。

「ねえ、面接なんかもうやめて、自分がお店を開いたらどう？　ちょうど私、この家を民泊にする妄想に浸っていたところよ。ベッド・アンド・ブレックファーストにしてお料理も出すの」

私はおどけたように緑のカバーのソファーで両腕を広げてみせた。

「いいなあ。お宅の民泊で私を雇ってほしいな。ジュジュさんと一緒に働きたい。でも私、東京には住みたくないいな。人混み嫌いだし、空気悪いし」

「ちょっと待って。今コーヒーを淹れてくるから」

私は台所に戻るとコーヒーを注いだ。「メテオ」の拡大画面の向こうでは瑠璃さんもハーブティーのティーバッグにお湯を入れていた。マグカップを手にそれぞれのソファーにつくと、今夜も東京⇕福島間のガールズ・トークが始まった。


「私はジュジュさんみたいな可愛い笑顔ができないいんだよね。自分では微笑んでいるつもりでも表情が顔に出ないみたいなの。面接でも愛想がないですねと言われてばかり。この前『ふたば食堂』にお兄さんが来たよ。宮下さんと一緒にさ。大也くんは私に、『君が笑顔をうまく顔に出せないのは、あの震災の影響かもしれない』と言ったんだよ」

「うちの兄がそんなことを言ったの？　受刑者のくせにエラそうね」

「正直ちょっとムカついた。他県の人はいつだってそう。福島の人のことを何でも震災と結び付けるの。やめてほしいいんだよね」

「兄の代わりに私が謝るわ。兄さんのことはたっぷり叱っておくから」

「でも私に関して言えば、大也くんの指摘も一理はあるのかもしれないな。うちの両親は結婚が早かったのに、震災のせいで子供を作れる状況になかったんだ。だから私は遅くに出来た子供なの。自分の愛想のなさがそれと関係しているかは分からないけど、私は警戒心が強い子供だったとは思うんだよね」

震災の頃の避難所で、瑠璃さんのご親戚が相次いで亡くなられたという話は、以前に宮下さんから聞いていた。ソファーの上でハーブティーを一口飲むと、彼女は再び話し始めた。

「中学生くらいの頃かな、町に知らない人が大勢やって来たんだよ。彼らは震災をきっかけに他県に避難していった人たちでね、政府から『完全復興宣言』が出されて何十年かぶりに福島に帰ってきたわけよ。だけど私は子供心に混乱したね。だって知らない人がいきなり大勢来たわけだから。彼らにとっては懐かしい故郷で、うちの親の幼馴染だったりもするんだけど、私には『よそ者』にしか見えなかった。近所に引っ越してきて、『初めまして』じゃなくて『ただいま』なんて言われても、こちらとしては身構えてしまうわけよ。それが私が人に対して、警戒心を抱き始めたきっかけだったような気がするな」

「環境が変わるのは混乱するね。分かる気がする。慣れていくのに大変だったでしょう？」

脳溢血で父さんが亡くなってから、桃ノ井一家の日々は激動だった。もちろん震災とは比べられないけど、毎日が混乱の連続で慣れるのに精一杯だった記憶は今も鮮明だ。

「いいえ、本当に大変だったのは、帰ってきた人たちの方だよ。彼らは震災の頃は、移住した先で慣れていくのに大変だったろうし、そうしてやっと故郷に帰ってきても、再び『よそ者』扱いされてしまう。彼らは福島から逃げた人たちだと、陰口を叩かれていたんだ。復興のいちばん大変だった時期に私たちと一緒にいなかったって。そんな悪口を聞くたびに、私もなんとなく距離を取ってしまっていた。だけど、そんな状況を変えるきっかけがあったんだよ」

私は瑠璃さんより早く答えを言った。「分かった。おもてなしだね！」

「大正解！　高校生になって初めて、近所の夏祭りでバイトしたの。当時すでに福島の観光地化が始まっていてね、ニッポンのお祭りを見たいと多くの外国人が集まってきた。出店でとうもろこしやクレープを焼いたりして、楽しかったなあ。当時はまだマクスウェルを扱える人がいなかったから、私たちの手で出店をやったんだ。遠い国から来た人たちと接することでね、心の中のわだかまりが解けていくような気がしたんだよ。地元の人間同士を隔てる境界線みたいなものが、さらにもっと遠くから来た人をもてなすことで薄れていったのかな。『よそ者』だとか『逃げた』とか、そんな狭い考えはもうやめよう。もっと大きな目で世界を見ようじゃないか。そんな気持ちになれたんだ」

「それが瑠璃さんの『おもてなし愛』の原点なんだね。私とは正反対だな」

私は長いため息をついた。私たちは生きてきた環境はまったく違うけれど、互いに想像しあうことならできる。想像することで共通点を作っていかれるような気がする。

「私のおもてなしは絶望から始まったの。兄さんに判決が言い渡された時、人生が真っ暗になった。父が亡くなって、今度は兄までいなくなってしまったら、これからどうなるんだろうって。母は毎日泣いてばかりで頼りにならないし。とにかく高校だけは卒業しようと思ったけど、おカネもなかった。人生どん底の真っ最中にバイトを始めた『まきや』に救われたんだ。お客様とふれあったことで初めて、世界は広かったことを知ったの。それまでは母や兄が私の世界のすべてだった。だけど世界にはこんなにも多くの人がいて、様々な文化や価値観があるのだから、自分のちっぽけな家族のことで悩むのはもうやめよう。そう思えた。人生なんとかなるよ、大丈夫だよって、自分に言えるようになったんだ」

ハーブティー片手にソファーにもたれる瑠璃さんの目は潤んでいた。指先で目尻をぬぐうと、その指で長い黒髪をかきあげた。「ジュジュさんの『おもてなし愛』の原点は泣かせるわ」そう言って、今度は少し照れたようにはにかむ彼女を映す「メテオ」の通信画像はとてもクリアで、私たちが東京と福島とに離れていることが嘘みたいだった。

「でも私のおもてなしは、今のままではダメだと思っているの」

お客様の顔が覚えられない悩みを彼女に打ち明けた。夢も語った。理奈おばちゃんが元気になって「まきや」に復帰したら、クルー・リーダーの座を返上しようと思っている。そして私は自分の店を開くのだ。だけど今はまだすべてが夢物語だった。おばちゃんはいまだに退院の目処が立たず、お医者さんから「解毒点滴」なるものを打たれている。プロテインを体から抜く作用があるらしい。そうしたら胸の痛みが軽減したので、彼女の不調もやはりあの「レヨンダ7」のサプリが原因だったことが分かった。おばちゃん曰く、アイドルの体は化学物質で出来ているそうだ。キレイでありたいという強迫観念に駆られて、二十五の時からコスメもサプリもエステも美容に良いものは何でもやってきた。「三十年分の化学物質が蓄積された皮膚や腸や肝臓が、たった半年の点滴で浄化できるわけがないわ」そう言ってベッドで自嘲気味に嗤ったおばちゃんの髪には、白いものが混ざっていた。プロテインがようやく抜けてきたのかもよ、おばちゃん！　早く元気になってほしい。

サヤカさんは嬉しいことに、「解毒点滴」を始めてからめきめきと回復の兆しがみえてきた。今では病院内を歩き回れるほどに意識がしっかりしているし、失われていた記憶も徐々に取り戻しつつあった。お見舞いに行った時、サヤカさんは「まき坊」を襲った時のことを話してくれた。自分があんなことをしてしまうなんて今でも信じられないけど、初日の出を見たあの夜明け、体が勝手にすいすい動き出した感覚だけは蘇ってきたそうだ。力ずくで店長室に押し入って「まき坊」を壊した時、サヤカさんは不思議なことに「自由」を感じたのだそう。長く抑え込んでいた感情が一気に解放されたような、不謹慎だけど心地良い感覚だったという。そんな話を聞かされて、私はサヤカさんのことが分からなくなった。

「分かるような気がするなあ。そのサヤカさんという人の気持ちがね」

私の話に瑠璃さんは大きく頷くと、二杯目のハーブティーを淹れた。

「グループのセンターだったんでしょう、その人？　色々と抱え込んできたんだと思うよ。きっと他のアイドルたちもそう。みんな常に人から見られる仕事だから、いろんな感情があってもずっと我慢してきたんだと思う。サプリの副作用がそれを弾けさせたんじゃないかな？　あくまで私の想像だけどね。サヤカさんみたいに衝動的な症状が出てしまったアイドルたちは、きっと普段から心の中で『わー』って叫びたいほど、多くのことを背負ってきたんだと思うよ」

「まるでアイドルのことを熟知しているみたいな口調だね。もしかして芸能界に詳しいの？」

瑠璃さんから意外な見解を聞いて私は少し驚いた。

「詳しくなんかないよ。ただアイドルたちを見ているとね、時々、まるで自分の親を見ているような気分になるんだ。親だけでなく周りの人も。福島の人間はさ、心に色々と思うことがあっても、ずっと口に出せないできたの。『被災者』というレッテルを張られていたし、いろんな世間の目が複雑に絡み合う中で生るのは難しいよ。言いたいことも言えないし、みんな何かを抱えているけど、それを表に出さずに抱え込む方を選ぶの。震災から四十年も経った今は、昔よりも少しは自由になったと思っているのかな？　それすらも親たちは言わないけど、少なくとも私たちの時代は、世間の目や偏見を気にして我慢ばかりの社会じゃあダメだと思うんだ」

瑠璃さんはそこまで一気に話すと、ふと言葉を止めて、「まあでも、福島の話とアイドルの悩みが同じなわけないか」と言って静かに息を吐いた。

「でも想像することならできるよ」と私は言う。「想像することで、共通点を作っていくんだよ。そうしなければ永遠にみんなバラバラだよ」

そう。私たち誰もがきっと繋がるものが必要なんだ。私と瑠璃さんだって「おもてなし愛」がなければ、こんなふうに話せる間柄にはなってなかったはずだから。

「ねえ、世界を変えるにはどうしたらいいと思う？」

唐突に瑠璃さんが訊いた。福島のことを言っているのだと思った。世間の目や「被災者」というレッテルのせいで言葉を押し殺してしまう。そんな時代があった。今もそうしている人がいる。それでも世界は少しずつ良い方向に進んでいると思いたい。

「難しいことはよく分からないけど、少なくとも今は、瑠璃さんが面接に受かることかな。世界を変えるには、目の前のことから始めていこうよ」

「私やっぱり面接行くのやめた！」

そう言うと、瑠璃さんはソファーから身を乗り出して、私の方にぐっと顔を寄せた。寄り過ぎたせいで「メテオ」の通信画像が一瞬乱れて、慌てて少し離れる。

「さっきジュジュさんが夢を語っていたことで、良いことを考えついたよ。『ふたば食堂』をレストランに変えたらいいんじゃない？　ジュジュさんが店長になって、私が支配人になるの。管理人ではなくて支配人。どう思う？」

「いいね。やろう！」私はソファーの上で飛び跳ねたい気分だった。実際に飛び跳ねたのだと思う。「メテオ」の通信画像が大きく乱れて、切れてしまった。

11　アルプスの魚

代々木とペアを組むようになってからの日々は、失敗はありながらもなんとか進んでいった。もこもこして動きづらい防護服での作業はもたつきがちになるが、一日の被ばく線量を越えないようにするためには無駄のない動きをする必要があった。代々木もようやく作業に慣れてきたようで、失敗の数も減り、動作も機敏になってきた。

毎日一緒にいて気づいたことだが、代々木はなかなか気配りができる男だった。俺が疲れた顔をしていると鉄骨を運ぶのを代わってくれたり、ほかの受刑者に対しても思いやりの言葉をかけたりした。なんと所長のヤマダにまで「お疲れでしょう」と声をかけて休憩時間に肩を揉んでやり、これにはさすがのヤマダもまんざらでもない様子でマッサージを受けていた。彼のそんな優しさを見ていると、逮捕前までどんな人生を歩んできたのだろうと、ますます不思議に思えてきた。代々木は明らかに俺たちとは何かが違っていた。少なくとも、人生で一度でもやさぐれた時期を送ったことのある人間には見えないのだ。

ほかにも気づいたことがある。代々木はいろんな知識が豊富だった。この間、アイドルのサプリメントの話を聞かされた時は驚いたが、薬だけでなく科学の知識も深い。専門的なコンピューターの扱いにも慣れていたから、原子炉建屋内での作業だけでなく、汚染水の処理の仕事も任されることになった。

俺たちは今「アルプス」が入った建物の中にいた。「アルプス」というのは汚染水の浄化処理をする巨大なマシンの呼び名だ。かつては廃炉作業や地下水で発生してしまった汚染水を巨大なタンクに詰めて、イチエフの敷地一帯に所狭しと敷き詰めていたが、「アルプス」の浄化処理能力が格段に上がってからは海に放出することが可能になった。いわゆる海洋放出というやつだ。「アルプス」で浄化した汚染水は「処理水」と呼ばれる。この処理水の海洋放出をめぐって、長いこと地元民と国が対立していたが、その間にも「アルプス」は着実に進化を遂げていた。そして今では世界に類を見ないすばらしい多核種除去マシンになった。そんなこともなぜか代々木は知っていて、俺に教えてくれた。

コントローラー室のモニターで彼はデータを読み取りながら、今日の海洋放出のプランを立てている。モニター画面には放射性物質の濃度の値が表示されていて、俺にはさっぱり理解できないが、彼は口の中でぶつくさと科学的な用語を呟いていた。しばらくして「今日はトリチウムの濃度が高いな。魚の数を増やしましょう」と提案してきた。

「何匹、用意したらいいかい？」

「五十匹で足りると思います」

「分かった。力仕事は俺に任せておけ」

俺はさっそく「免震棟」にいるヤマダに連絡して、「魚のアルプス」五十匹を泳がす許可を取った。「魚のアルプス」とはマグロそっくりの形をした全長二メートルのロボットで、イチエフ近海の水の中を自由に泳ぎ回りながら除染してくれる。これも代々木が教えてくれたことだが、この魚たちはトリチウムを餌にする。通常の「アルプス」ではセシウムやストロンチウムを始めとして六十二種類もの放射性物質を除去できるのだが、トリチウムだけはどうしても取り除けなかった。それが原子力研究者たちの長年の悩みだった。そんなトリチウムの分離除去に特化した「魚のアルプス」が誕生したことは画期的な発明だったという。

俺は魚たちが眠っている倉庫に急ぐ。ここのエリアでは様々な形の「アルプス」たちが活躍していて、巨大なビールサーバーみたいな形をしたマシンや、貸倉庫みたいな四角いもの、ロッカールームみたいな細長いマシンなど、それぞれ役割を分担しながら核種の処理にあたっていた。その一角にある倉庫の扉を開くと、まるで競りが始まる魚市場のようにマグロたちが並んで眠っていた。一匹ずつ慎重に起動させる。金属製の鱗が光ると魚が目を覚ましたことが分かる。鱗の一枚一枚が精密機器だけに慎重に扱わないといけない。尾の部分にはガイガー・カウンターが内蔵されているから、誤作動や不具合がないか確認した。「手伝います」と言ってほかの受刑者たちも倉庫にやってきた。俺たちは手分けして一匹ずつ荷台に載せていく。一匹は百キロ。まるで大マグロだ。こいつらを五十匹、イチエフの敷地のはずれの海に浮かぶメガフロートに持っていく。

メガフロートに立つと、目の前に真夏の青い海が広がっていた。「さあ、今から放つぞ」と俺は専用の「メテオ」で代々木に連絡した。彼は先ほどのコントローラー室から、「魚のアルプス」たちの動きをモニターで観察するのだ。さっそく魚たちを海に放つと、まるで本当に生きているみたいにぴちぴち跳ねな

がら、沖へと遠ざかっていった。海はどこまでも青く、空には入道雲が広がっている。気持ち良さそうに泳ぐ五十匹の魚たち。ああ、俺もあんなふうに早く自由になりてえな。

コントローラー室に戻ると、代々木はしきりにモニター画面を睨んでいた。魚たちが一匹ずつ泳ぐ方向にそって海中のトリチウム濃度が変化する様が、点や数字やアルファベットでモニターに表示されている。秒ごとに変化する難解なグラフだ。俺にはさっぱり理解できないね。どうして彼はこんなものが簡単に理解できるんだろう。モニターの背後から代々木に問いかけた。

「なあ、君は逮捕前まで何をしていたんだい？　ずっと気になっていたんだ」

「僕は医者でした」

「おい、すごいな」

驚いて代々木の顔をまじまじと見つめた。だからそんなに物知りなのかと合点がいく。

「君にいったい何があったんだい？」

「僕は勤務していた大学病院に隠れて、貧しいお年寄りの診療を無償でやっていたんです。治療費や薬代もごまかしていました。五年も続けていたので、ついに僕を怪しんだ病院から通報されてしまいました。二人の看護師さんと闇のチームを組んでいたんです。僕と一緒に彼らも逮捕されてしまいました。巻き込んでしまって本当に申し訳なかったと反省しています」

「そんな理由でここに来たのか？」

「僕のようなケースはたいてい執行猶予がつくそうですが、僕の場合は隠れて使い込んだ金額が莫大だったせいで看過されなかったのでしょう。こっそり手術をしたことも、数え切れないほどありました。刑が重くなっても仕方ないと思っています」

俺とはあまりにも別世界の話にすっかり聞き入った。素直に打ち明ける代々木の話を聞いていると、俺にはどう考えても彼のような人間は、刑務所に送られるべきではなかったと、思えてならなかった。

「君はいい奴なんだな。多くの人を助けてさ」

「いいえ。僕がしていたことは間違いでした。たとえ人助けでも不正な手段で行うべきではなかった。僕たちは正義に燃えていたんです。貧しい高齢者を救うためなら手段を選ぶべきではないと考えていた。正義に燃えるあまり一線を踏み越えていたことに気づかなかったんです。ここでしっかり頭を冷やして出所したら、今度こそ合法的なやり方でボランティア診療を続ける方法を考えます」

「まだ続けるつもりなのか？」

「はい、もちろんです。幸い、医師免許は剥奪されてないので、出所したら医者に戻ります。僕を待っている人は大勢いますからね。貧しいお年寄りは健康保険を持ってないので病院にもかかれません。深刻な容態でも放置されて亡くなってしまう人が多いんです。桃ノ井先輩は、貧しい高齢者の地域がどのような状況なのか知っていますか？」

「まあ知っているよ。ニュースでしか見たことないがね」

日本には貧困にあえぐ高齢者層が集中する地域が点在している。それらは「老人スラム街」と呼ばれることもあって、高齢化社会の解決できない問題としてよくニュースに取り上げられていた。ネンキンも受け取れずケアホームにも入れないお年寄りたちは、ぼろぼろの空き家をシェアして暮らしている。かつて空き家は日本中にあったが、持ち主が亡くなった物件を政府が買い上げて、貧困高齢者の住まいとして開放したのだ。しかし家のコンディションは劣悪で、屋根や壁に穴が開いていることも、電気やガスが通っていないことも珍しくなく、お年寄りたちはそんな厳しい環境の中で身を寄せ合って暮らしているのだという。彼らは医療はおろか栄養状態も悪くて、噂では虫を捕まえて食べている人もいるという。

「僕はせめて医療だけでも提供したいんです。でも薬も治療費も高い。ボランティア診療という限られた範囲の中で出来ることは少ない。どうしたらいいんでしょうね」

代々木は真剣に頭を悩ませているようだった。イチエフにいても彼の心は貧しい地域にあるのだと思うと、道を外したかもしれないが、やはりこいつは良い奴なんだ。

「せめてマッサージだけでも提供できないかな？　たとえ背中のマッサージでも、お年寄りにとっては治療や薬と同じような効果が出ることもあるんですよ」

「血流を良くして免疫力を上げるからな。骨格も調整すれば、薬に頼らなくても内臓の働きを良くすることができるしな」

「そうです。かなりお詳しいんですね。整体師さんとペアを組めれば、治療の幅もぐっと広がるのに」

「気が早いな。出所はまだ先だろ？　もう計画を練っているのか？」

「ですよね」代々木はしゅんとなると目の前のモニターを寂しげに眺めた。

整体師か。俺は心の中でその言葉を何度も呟いた。お年寄りのマッサージなら俺にもできるんじゃないか？　そんな考えが頭をよぎり、すぐに打ち消したが、また頭に浮かんでくる。なぜか胸の奥が苦しくなった。

12　今を生きる

ここに来るとほっとする。

「ふたば食堂」の窓から見える景色は秋も深まり、遠くに広がる山々が燃えるような黄金色や朱色に染まっていた。いつも建屋の中で金属ばかりに囲まれているから目の保養になる。

平日の夕飯時だけあって、店はほどほどに混んでいた。テーブルを囲んでいるのは、いつもの宮下と俺、そして代々木だ。「アルプス」の作業を共にするうちに親しくなり、いつしか互いにいろんなことを語り合う仲になっていた。「ふたば食堂」に連れてくると、代々木は素朴な雰囲気のこの店をたいそう気に入ったようだった。親子ほど歳の離れた宮下のことを俺の親友だと言って紹介すると、彼は代々木を見て「いやあ、桃ノ井君に歳の近い友達ができて良かったですね」と言って朗らかに笑ってくれた。代々木は宮下がサイバー銀行強盗だったと聞いて驚いていたが、互いの気さくな人柄からすぐに打ち解け合った。

アジフライ定食に刺身定食、金目の煮つけ定食を注文した。左腕に埋め込まれた「メテオ」を注文コードにかざすたびに、三人の腕がぴかっと青い光を飛ばすから、近くのテーブルの客たちがこちらを見て、俺たちが受刑者であることに気づいた。ぎょっとされたり嫌な目で見られたりすることはなかった。この地域の住民は昔から、じつに様々な事情を抱え込んだ人たちと接してきたから肝っ玉が太いんだ。

定食が来るまで他愛ない会話を楽しんだ。マクスウェルが三本の腕に五つの盆を載せて、ホールを機敏に動く様子を眺めて、みんなで笑う。何が面白いわけでもないんだが、こんなふうにくつろげる時間が心地良い。「ふたば食堂」の素朴さに癒された。

一台のマクスウェルがようやく俺たちのテーブルに定食を運んできた。なぜか一緒に瑠璃ちゃんがついてくる。あいかわらず不愛想な子だ。

「お待たせしました。今日はみなさんにお伝えすることがあるんです。うちの『ふたば食堂』は今月いっぱいで閉店するからね」

突然の訃報に俺たちはいっせいにブーイングした。がっくり肩が落ちる。受刑者にとって数少ない憩いの場がなくなるのは、正直、精神的にかなり打撃だ。瑠璃ちゃんはそんな俺たちの心情などお構いなく、なぜだか晴れ晴れしたような顔さえしていた。こんな悲しいニュース、店長ならもっと気を遣って伝えるべきだろうが！

「なんと！　二カ月後には、ここはレストランに生まれ変わります。多くの観光客をお招きするの。外国の方も大勢いらっしゃいます。私はマクスウェルの管理人を卒業して、人間のおもてなしを始めます。なあに？　みんな喜んでくれないの？」

テーブルがしんとなった。よりによって「ふたば食堂」が外国人に奪われるって？　とんでもない話だ。抗議しようとした俺より先に宮下が、呆れたように瑠璃ちゃんを見上げて問いかけた。「あんた、そんなに愛想なしで、おもてなしができるのかね？」

「あいかわらず失礼ね、宮下さん。私には頼もしいビジネス・パートナーがついているのよ。そこにいる大也くんの妹さん。そう、ジュジュさん。彼女に店長をやってもらいます。私は経営のあれこれをマネージメントします。もちろん、おもてなしもするよ」

なんだって！　ジュジュが福島に来る？　周囲の視線がばっと俺に集まった。たぶん俺の両目は文字通り白黒していたんだろう。そりゃそうだ。寝耳に水だ。瑠璃ちゃんとジュジュが一緒にここで働くというのか？　俺はひたすら首を左右に強く振っていた。

「今すぐ帰らせてくれ！」

料理が並んだテーブルから、がばっと立ち上がった。瑠璃ちゃんがなだめようとするのを振り払って、俺は店を出た。宮下と代々木が心配そうな顔で俺を見送った。

勢いだけで飛び出してきてしまったが、食堂のある双葉町からアパートのある富岡町までの道のりはかなりある。国道六号線、通称「ロッコク」をとぼとぼ歩いていると、運良くパトカーが通りかかって乗せてもらった。警官たちは面倒くさそうにしていたが、脱走されるよりはマシだと思ったのかしぶしぶ乗せてくれた。隣の座席から警官の射るような冷たい視線をびしびし感じながらアパートまでの道のりを走った。俺の頭は妹のことでいっぱいだった。

福島に来るって？　そんな大事なこと、勝手に決める前にまずは兄貴の俺に相談するべきじゃないのか？　いいや、おそらく相談できなかったんだろう。兄貴が刑務所に入っているせいで、「まきや」でイジメられていたのかもしれない。俺のせいで東中野のあの家でひとり寂しい思いをさせてきた。職場でも辛い思いを抱えていたのだとしたら、こっちに逃げて来たいと思っても無理はないだろう。それにしても、ジュジュはあの瑠璃ちゃんといつの間に仲良くなっていたんだろう？

交差点で左折してロッコクを降りると、富岡町ののどかな住宅街の中を進んだ。ここは昔から復興住宅が並んでいる地区で、改築してきれいにした家もある。その一角になんと五十年も続いている食器屋があった。その食器屋は震災を経験し、その後の長い復興の時期を経て、今にいたるまで商売を続けている。店の前には大きな暖簾がさげてあって、そこに大きな文字で「**今を生ききる**」と書いてある。暖簾は四十年前から破れるたびに取り換えられながら、今日もそのフレーズを刻んでいた。俺は食器屋の前を通るたびに、暖簾の言葉にグッとくる。「今を生きる」じゃなくて「**今を生ききる**」なんだ。今を生きるのは簡単だが、今を生ききるのは並大抵のことじゃない。この地域の人たちは、きっとそうやって生きてきた。

「ほら、着いたぞ」

警官はそう言うと、スキャナーで俺の左腕の「メテオ」をスキャンした。パトカーを降ろした場所と時刻を記録するためだ。

「もう親不孝するんじゃないぞ」

俺の個人情報が「メテオ」を通して届いたのだろう。警官は諭すような口調でそう言うと、静かにパトカーのドアを閉めた。パトカーに深々と頭を下げてからアパートに入る。部屋のドアは角膜と指紋認証の二段ロックになっていて、二つをクリアすると開いた。玄関に出てきたおふくろに俺は言った。

「ジュジュのこと、どうして一言も教えてくれなかったんだよ？」

それだけで何の話か、おふくろはすぐに察したようだった。やっぱりだ。妹は母親にだけは悩みを打ち明けていたんだ。

「大也は心配性だから、ギリギリまで秘密にしておいてねと、あの子が言っていたわ。思った通りね。やっぱりほら、あんたはそうやって勘違いしている」

「勘違い？　俺が何を誤解しているというんだよ？」

「あの子は自分の意志でこちらに来るのよ。食堂のお姉さんと一緒に起業するんだって。不安はあるけど、人生いつどうなるか分からないから、やれる時に思い切りやりたいんだって。あの子もいつの間にか大人みたいなことを言うようになったわね」

「本当か？　あいつが本気でそう考えているのなら、家族全員がこっちで暮らすことになるよな。東中野のあの家はどうするんだよ？」

「売ったらいいわよ」

「冗談じゃない。母さんまでこっちに残るというのか？　俺が出所したら、東京に帰って静かに暮らそう。俺は今度こそまっとうな仕事に就くから、あんなみっともないツアーガイドの仕事なんか辞めろよ。今度こそ俺がなんとかするから、心配しなくていい。辞めていいよ」

おふくろは悲しげな表情で俺を見つめていた。そんな目で見られると心が抉られる。パトカーの警官に諭された通りだった。親不孝。

部屋の中にしばらく沈黙が続いたあとで、おふくろがため息交じりに口を開いた。

「あんたって子は、どうしていつもそうやって自分ひとりで抱え込もうとするのよ？　母さん、東京には戻らないよ。ガイドの仕事も辞めない。この仕事に誇りをもっているの。ここで一生続けるわよ。東京で静かに暮らそうですって？　冗談じゃない。天国の聡さんだって、きっと戻って来なくてもいいと言っているはずだわ」

サトルというおやじの名前をおふくろが呼ぶのを久しぶりに聞いた。ガイドの仕事に誇りを持っている？　俄かには信じられなかった。

「本気で言っているのか？　息子が服役している刑務所に外国人を案内するんだぞ。あんな恥ずかしい派手なユニフォームを着てさ」

「まあ失礼ね。母さんあの制服を気に入っているのに。あんたは理解できないだろうけどね、外国人のお客さんは、ただぼうっと福島に遊びに来ているわけじゃないのよ。イチエフのことを応援している。廃炉作業をする人に対しても、その人の過去がどうかなんて関係ない。毎日こつこつと廃炉に取り組んでくれるその事に対して、同情や尊敬の気持ちを抱いている人が多いの。みんな様々な期待や感情を込めながら見学しているのよ。母さんだって同じだよ。あんたはやんちゃなところもあるけど、母さん、あんたを悪い息子だなんて一度も思ったことはないよ」

おふくろは一気にまくし立てると、これから夜のツアーが入っていると言って、仕事に出かける準備を始めた。今聞かされた言葉たちが、俺にはどれも意外すぎて、返す言葉が見つからなかった。胸のつかえが取れたようにすっきりしたが、同時に、分からなくなる。おふくろが思っていたことも、ジュジュが考えていたことも、俺は今までまったく見えていなかったのか？

親父は違った。親父とは何でも分かりあえた。以心伝心なんていうレベルじゃない。互いの目を見ただけで心の深くて繊細なところまで理解しあえた。だが、おふくろもジュジュもさっぱりお手上げだ。これだから女っていうのは難しい。家族であっても俺の想像を超えている。

「じゃあ、行ってきます。夜食は冷蔵庫にあるからね。今夜もおもてなし、頑張ってくるね」

年齢にそぐわないカラフルで恥ずかしいユニフォームに着替えると、おふくろはナイト・クルージングだと言って嬉しそうに玄関を出て行こうとした。夜間の廃炉作業を海からクルーザーで眺めるという、悪趣味極まりないツアーだ。誰がそんな娯楽を考えついたんだろう。悪い息子だなんて一度も思ったことがないと、言われたさっきの言葉を思い返すとなんだか照れ臭くて、俺はおふくろから顔を背けた。

「おもてなしだって？　俺は外国人が大嫌いなんだ」

13　パンタレイ

「まきや」の最後の出勤日は、クルーたちが私のために送別会を開いてくれた。料理長の斗夢さんの手による寿司ロールやバナナ天ぷらが、閉店後の静かなホールのテーブルを彩った。門出を祝う金の折り鶴まで飾ってくれた。

「お疲れ様でした。今まで本当によくやってくれましたね」

柏木店長から私の苗字にちなんで桃色のカーネーションの花束を受け取ると、目頭が熱くなった。退職願を出した時、店長はこの店から巣立っていく私に温かい応援の言葉をくれたのだった。私はみんなの前で短いスピーチをする。こんなに素晴らしい店はきっと世界中のどこにもありません、私のおもてなし人生を「まきや」で始められたことに、私はこれからもずっと誇りを持つでしょう。カッコよく決めるつもりが感極まって声が震えてしまった。

「君がいなくなっても『まきや』は進化を続けるからな、任せておけ！」

「福島で成功したら、今度はお客様として戻ってこいよ」

みんなからエールを送られて、私はいよいよ泣きそうになった。「まきや」は私におもてなしの喜びも難しさもすべて教えてくれた店だった。涙を拭う私の肩をサーシャがぽんと叩いて励ましてくれた。

「いよいよ起業だね、頑張りなよ！」

送別会のメンバーの中に理奈おばちゃんがいないのが少し寂しかった。おばちゃんは長かった入院生活をようやく終えて、いよいよ来週にはクルー・リーダーとして復帰する。それまで大事をとって自宅療養だ。最後にひと目会って今までの感謝の気持ちを直接伝えたかったな。

みんなでたくさん食べて、飲んで、笑って、泣いた。改めて「まきや」の店内を見渡した。ハラールのお客様と通常のテーブルを隔てる小川。そこにかかる赤い太鼓橋。店の一角にある竹林の中は、忘れがたきあの特別室、スモウ・ルームだ。バーテンダーの広崎くんが立つカウンターには世界中のリキュールのボトルが揃えてある。ＢＢスクリーンと連動した「ボンサイ」を飾ったテーブルも、豪華な壁のデコレーションも、改めて振り返ると、「まきや」はやはり立派なレストランだった。これから私が瑠璃さんと始める店は「まきや」とは対照的な小さな店だけど、ここに負けないくらいお客様に喜ばれる店にしてみせる！　そう心に誓った。

送別会が終わり着物を脱いだ。アルバイトから始めた高校生の頃から袖を通していたこのユニフォームともお別れ。さようなら、今までありがとう。みんなと別れのハグをして店を出ると、今日までのたくさんの想い出を噛みしめながら、夜の銀座の中央通りをひとり歩いた。人があふれる大通りは、深夜三時を回っているとは思えないほど明るくて眩しくて煩くて臭い。昼の三時だと言われても分からないほど夜空は七色に輝いていた。同じ人気の観光地なのに、福島にはちゃんと夜があった。向こうには暗い空も閉まる店も眠る人々もいた。人間の営みにはリズムがあるということを私は福島で初めて教わった。

「ジュジュさん！」

呼び止められて振り返ると、シェフの駒田さんが私を追いかけてきたらしく、息を切らせて立っていた。

「送別会で言えなかったことがあるの」

「どうしたんですか？」

駒田さんはよく食べて笑っていたけど、なぜかずっと私から距離を取るように離れたテーブルにいた。息を整えると背筋をまっすぐ伸ばして私を見た。

「ジュジュさんが始める福島のお店で、福井にいるうちの弟を雇ってくれませんか？　できれば私も一緒に雇ってほしいです。姉弟一緒に働かせてもらえませんか？　いきなりこんなお願いをして厚かましいですよね。驚かせたよね、ごめんなさい。でも私たち真剣にジュジュさんのところで働きたいんです。お願いします」

駒田さんは目の前で深々と頭を下げた。驚きのあまり周りの景色が一瞬、止まった気がした。私が二人を雇う？

「弟さんって確かまだ高校生ですよね？」

駒田さんが福井の弟さんを心配していることは知っていた。弟さんは上海に出稼ぎに行っているお父さんを追いかけて、自分も中国で移民になることを夢見ていて、周りがそれに猛反対していると聞いていた。

「駒田さんが姉として弟さんを心配されるお気持ちは分かります。でも、もし駒田さんが、中国に行きたがっている弟さんを日本に引き留めるために、私の店に来ようとしているのだったら、申し訳ないけど雇うことはできないです。おもてなしに愛がある人でないと、この仕事は続かないと思うから」

「いいえ、ジュジュさん。うちの弟は、翔は変わったんです。外国人をお迎えする仕事がしたいと、今は真剣に考えています。卒業後の進路について、あの子なりに現実的になったからだと思う。中国に行けば必ず今より良い暮らしが待っているわけじゃない。日本には希望がないと言うけど、生まれ育った国をそう簡単に捨てて海外に行った先に、どんな人生が待っているのかなんて想像がつかない。そうあの子は悩んでいました。そんな時に、ジュジュさんがお店を開くという話を耳にしたの。一緒に福島に行かないかと誘いかけたのは私の方からですけど、翔ははっきり言いました。『自分が外国人になるよりも、日本にいて外国人をお迎えする仕事がしたい』って。翔は正直な子です。やると決めたからには真面目に働きます。どうかジュジュさん、お願いします」

駒田さん姉弟の真剣さに心を動かされた。地方の暮らしは貧しくて、海外かせめて都会へでも抜け出したいと思う人が多いのは知っている。だからといって東京でも、競争に疲れて逃げ出したいと思う人は多い。みんなチャンスさえあれば、ここではないどこかに行きたいと思っているのかもしれない。中国に淡い夢を見ていた弟さん、翔くんが、心を入れ替えておもてなしがしたいと思うのなら、もちろんウェルカムだよ。

「分かりました。高校を卒業したら、翔くんをうちの仲間にします。でもその前の冬休みに福島に来てもらうことはできますか？　うちのお店は十二月にオープンする予定なんです」

「もちろんです。ジュジュさん、ありがとう。翔をやる前に、私が来週からでもそちらに行きますよ」

「助かります。でも柏木店長にはどう話をするおつもりなんですか？」

「大丈夫ですよ。もっともらしい理由を伝えておきます」

そう言って駒田さんは小さく舌を出した。だけど優秀なシェフである彼女を失ったら「まきや」にとっては大きな痛手だろう。今まで世話になった「まきや」への恩を仇で返すようで、なんだか気まずかった。だけど、あのすばらしい手品のような鉄板焼きパフォーマンスができる駒田さんが来てくれるとなったら、私の店の可能性は大きく広がること間違いなしだ。料理のレパートリーも、彼女がいてくれたら百人力だ。

「それにしても、あなたのような優秀な方が、本当にうちに来てくれていいんですか？　うちの店は小さいし、ＢＢスクリーンも置かない方針なんですよ？」

「もちろんです。そういうお店の方が自分には合っているかなと思います。お金持ちにペコペコしたり、ＢＢを絶対視する店長の考えに合わせたりするのは、正直しんどかったの。ところで、ジュジュさんのお店の名前はなんていうんですか？」

「パンタレイ」。私はその意味を教えた。

「そんなに深い意味があるのですね」

七色の雲を浮かべる明るすぎる東京の空の下で、私たちは始まりのハグをした。これからもよろしくね。


パンタレイ。それは瑠璃さんが好きな哲学者の言葉から取った。すべての物事は移り変わっていくという意味があるんだって。私と彼女は今、インテリアをすべて取り払いがらんどうになった「ふたば食堂」に立っている。これからこのホールを大改装して「パンタレイ」に生まれ変わらせるのだ。

「私たちの親が若かった頃と、今の私たちがいる世界は、きっと大きく違うよね？」瑠璃さんは空っぽのホールを見渡して感慨深げな口調で呟いた。

「きっとそう。世界は変わり続けているのだからね。そして今から十年後は、きっとまた変わっているはずだよ」

「そう考えたら、十年後の世界は今この瞬間からすでに始まっているのかもね」

彼女はそう言って気持ち良さそうに深く息を吸い込んだ。

時刻どおりに改装業者はやってきた。私たちが描く「パンタレイ」のコンセプトは和風レトロ。BBスクリーンを置かないことから、古い時代にタイムスリップしたような店という発想に持っていく。木製のテーブルには唐草模様のクロスをかけ、椅子の座面には畳がはめてある。壁には外国人が大好きな「花札」をモチーフにした絵を飾り、天井からはこれも外国人受けがいい赤提灯をびっしり吊るした。店の入り口には招き猫を置こうかと思ったけど、招き猫は世界中どこにでもあるから平凡で、それならうちは「犬張り子」を置くことにした。しかも高さ二メートルもある特大サイズ。ドアが開いてお客様が来店されるたびに、巨大なワンちゃんが首を上下に振ってお出迎えする。

問題なのは厨房だった。ここはマクスウェルが冷凍パウチを温めて出すだけの食堂だったから、設計の段階からして厨房スペースが狭かった。多少改善できるとはいえ、「まきや」のような充実した設備にするのは無理だった。ハラール専用の調理場を増設することも不可能だ。狭い厨房だと限られたメニューしか作れないな。私は悩んだ結果、店の方向性で勝負をかけることにした。「パンタレイ」はレストランではなく、ダイナーとして売っていこう！　お金持ち相手ではなく、バックパッカーの旅行者がふらりと入れるリーズナブルなダイナーにするんだ。メイン料理は味噌スープ。これなら狭い厨房でも大丈夫。何十種類も選べる味噌スープが売りのカジュアル・ダイナーだ。トマトクリーム味の味噌スープにご飯を入れたらリゾットになるし、チリをベースにピリ辛のアラビアータ味噌スープもできる。昆布だけでダシを取って肉類をやめれば、ムスリムやベジタリアンのお客様でもお召し上がりになれるし、逆に魚介を抜いてチキンだけでダシを取れば、ユダヤ人のお客様でも大丈夫だ。そう、味噌スープの可能性は無限なのだ。

駒田さんのほかに、もうひとりシェフを雇うことにした。瑠璃さんにはシェフの知人が何人もいたから、その中から面接をして選ぶことにした。名前は及川さん。いわきで寿司職人をしていたという五十代の女性だ。店長もマネジャーもここは若者ばかりだから、お母さんのようなまとめ役が必要だと思った。

「瑠璃さん、お客様にご挨拶する時はもっと腰を低くして。そう。もうマクスウェルの管理人じゃないんだから、立っている時は腰に手をあてないこと！」

瑠璃さんは私からおもてなしの指導を受けている。長い黒髪は後ろでひとつに束ねて、片手で髪をかきあげる癖は直してもらった。笑顔はまだぎこちないけれど、マネジャーらしい雰囲気がようやく出てきたようだ。私のことを鬼教官だと言って、瑠璃さんがわざと頬を膨らませるのを見て、及川さんが可笑しそうに笑っていた。

明日には駒田さんがやってくる。「パンタレイ」のオープンが待ち遠しい。

14　永遠に生き続ける声

世界が終わる瞬間をずっと見たいと思っていた。

それは悪い終わりではない。この世界を終わらせようと四十年もの間、たゆまぬ努力を重ねてきた果てに迎える終わりなら、心からほっとする終焉のはずだ。永遠とも思われたその長い期間、亡くなった人々も病に倒れた人々も、そして見事に生ききった人々も、ずっとひとつの願いを抱いてきた。終わりを完了させること。それが俺たちみんなの望みだった。

廃炉への最後の工程は、建屋内に残された古い鉄骨やパイプやダクトの破片などをすべて拾い集めて処分することだった。なかには四十年前から寸断されたまま放置されている物体もある。ずっと後回しにされてきた仕事だった。ロボットたちの活躍の甲斐あって処分は順調に進み、除染もはかどったおかげで建屋内の空間線量は5・2マイクロシーベルトまで下げることができた。放射性物質の飛散防止のために春から新たに取りつけられていた「建屋カバー」も一号機ではすでに取り外されて、カバーの内側の原子炉建屋も完全に取り払われた。しかし格納容器と圧力容器があった地下の部分は巨大な穴になったまま、周りに転落防止の柵が厳重に張られていた。

作業が遅れていた三号機はまだ「建屋カバー」の一部が残されていたが、ようやくそれも今日中にすべて取り外される予定になっている。これまで日中と深夜とで服役時間帯を割り振られていた俺たちは、大詰めとなった今は総動員されていて、ロボット同様に昼夜を問わずフル稼働させられていた。作業は万全を期してはいるものの、ふとしたバランスで物が落下する危険を伴う作業だった。福島沿岸部特有の海から吹きつけてくる強い風も作業をさらに困難にしていた。ウォリアーたちは疲れを知らないが、連日の気の抜けない作業に、俺たちは過労で誰もがへとへとだった。

グローブと靴下を三枚重ねにしていた。防護服の袖とグローブのわずかな隙間もガムテープで巻いて塞いだ。俺たちは三時間おきに作業を中断してはサービス建屋に行き、それらをすべて新しいものに着替えて身を守っていた。

「迂闊にそこいらに触るな。あちこち劣化しているからな」

代々木の背後から俺は警告した。足元に伸びているゴム製の太いホースは、何十年も放置されていたのか劣化がひどくて、床から剥がそうと掴んだとたんに、グローブの指の間でゴムが砂のようにもろもろに崩れていった。ついさっきも錆びたダクトが落下して、床の上でまるで陶器のように粉々に砕けたばかりだ。防塵ミストの風圧だけで破壊させてしまう物体があちこちにある。慎重に慎重にと、神経を尖らせた。

「先輩こそ、その階段に気をつけてくださいよ。手すりが錆びてぐらついています」

最も頑丈な階段だけは取り壊さずに最後まで残してあった。高所での作業は梯子を使うよりも安定するが、手すりが錆びていたことにはうっかりしていた。あわやつかまった拍子に手の重みで壊れて体ごとバランスを崩し、はるか下まで転落していたらと思うとひやりとした。恐る恐る足元を見下ろすと、そこには巨大な空洞が広がっていて、除染ロボットのラクーンたちが汚れた機体で縦横無尽に這いまわり、真っ暗な穴底をきれいにしている様子が見えた。以前はそこにあった圧力容器と格納容器も小さく切断されて石棺に詰められて、今頃は月の上で眠っている。

Ｊヴィレッジから定期的に打ち上げられる世界中の核廃棄物は、予想よりも早く月に溜まってきているという。これからの時代は月への投棄をどのように管理していくかが世界の課題になるそうだ。イチエフに従事してきた若手の看守たちは、プラント・エンジニアの知識を生かして、ここの廃炉後は宇宙工学の分野に進むことになると聞いた。

三号機の西側だけ外されていた「建屋カバー」の間から、強い風が建屋の中まで吹きつけてくる。外で作業している受刑者たちが防護服と白い長靴で地面に踏ん張っている姿が見える。

「もうすぐあの風は止みますよね」

「そうだな。凪を待とう」

俺は代々木に頷いた。一日のうちの早朝の一時間だけ、福島の強い風がぴたりと止む時間がある。強風に煽られたら困難を極める「建屋カバー」の解体作業は、凪を狙って行うことになっていた。「建屋カバー」は過去四十年間、その時代その時代ごとに必要とされた用途で、何度も取り付けられては外されてきた。今俺たちの目の前にそびえるこの最後の「建屋カバー」を外せば、イチエフはついにこの地上から消える。

「行こう。歴史の終わりを見届けるぞ」

俺はそう意気込むと、足元に注意を払いながら代々木を連れて建屋の外に出た。強風が吹きすさぶ敷地の上で、何台もの背の高いクローラ・クレーンが中塚看守と共に凪を待っていた。

俺たちが立つ場所には、かつてそびえていた排気筒の跡や、山から流れる地下水をくみ上げるサブドレン、地下水を凍らせる凍土壁などが遺跡のように残っていた。原子炉建屋やタービン建屋だけでなく、これらの古い設備跡もきれいに地上から取り払って初めて、廃炉が完了したと呼べるのだろう。

二十分後に凪はぴたりと止まった。凪が始まる瞬間はいつも、まるで朝の静寂が地球上のすべての喧騒を解きほぐしていくみたいに、神秘的な空気に包まれた。「いざ出陣！」と中塚の号令が静謐を破ると、クレーンがいっせいに稼働する。カバーを構成する巨大なパネルとパネルは「嵌合《かんごう》」といって、溶接やボルトを使わずに柱と梁で互いをかみ合わせる方法で建てられていた。組み立てた時とは真逆のプロセスをたどる解体作業は、クレーンの力で手際よく進んでいるように見えるが、それでも途中でパネルが落下したりしないかとヒヤヒヤして、グローブの掌が冷や汗で湿った。

頼もしいクレーンたちは正確にパネルを剥がしていき、作業開始から三十分が経過すると、「建屋カバー」は四分の一を残すのみとなった。目の前にそびえていた鉄壁は嘘のように小さくなり、そして開始から五十五分、最後のパネルが撤去された。

ついにイチエフがなくなった。歴史が終わった。

四十年間、威圧的なまでの存在感でこの場所を占拠していた建屋は消えてなくなり、冬の始まりを告げる澄みきった青空が今、俺たちの頭上に広がっていた。凪が終わり、再び吹き始めた強風が全面マスクの顔を叩く。俺は達成感に酔いしれるはずだったのに、どうしてなんだ？　胸の奥に寂しさが滲んでいった。

この歴史的瞬間を俺はどう感じていいのか分からなかった。廃炉を達成することを待ち望んできたはずなのに、心にぽっかり穴があいたように寂しい。うまく言葉に表せない悲しさとも虚無感ともつかない想いが胸に滲んでいった。この感情はどこから来るのだろう？　俺は建屋が永遠にここにあり続けてほしいと密かに願っていたんだろうか？　いいや、そんなはずはない。廃炉は建設的な破壊なんだ。良い世界を築くために壊すのだ。これでいいのだと、俺は混乱している自分に言い聞かせた。

どさっと鈍い音が近くでしたので目をやると、中塚看守が地面にくずおれていた。看守は両ひざとグローブの両手を地面につけて号泣していた。いつか桜の木の下で、廃炉を見届けるまでは死なないと豪語していた看守の姿が心に蘇る。俺の頬にも涙が伝い、顔はぐしゃぐしゃに濡れた。周りの受刑者たちも全面マスクとヘルメットを脱ぎ捨てて地面に転がすと、みんな声をあげて泣き崩れた。

今はっきり分かった。歴史を終わらせるなんて、そんな考えは間違っていたんだ。イチエフを地上からきれいさっぱり消し去ることなど、できるはずがない。これまでこの場所に人生を捧げてきた多くの人たちの魂が、ここには永遠に生き続ける。天国から看守を見守っている弟さんも、彼の魂は今、俺たちと一緒にこの景色を見ているはずだ。終わりなどない。たとえ世界がイチエフを忘れたとしても、俺たちは絶対に忘れない。

海からの強い風がふきつける更地となったイチエフに、不思議な音が鳴り響いていた。その音がどこから来るのか知りたくて、俺は耳を澄ませる。それは賑やかでいて温もりがある、聴く者をどこか励ますような音で、音楽の演奏とは違っていたが、ずっと聴いていたくなるような優しい音だった。

冷静に考えれば、そんな音がここで流れるはずはなかった。耳鳴りなのかもしれない。この二週間、極端に少ない睡眠で昼も夜も作業し続けていたせいで足腰はガタがきていたし、目も霞んでいたし、とにかく全身が痛かったから、ついに幻聴まで出たのかもしれない。

俺たちイチエフの受刑者は来週、出所する。廃炉が完了した後の敷地の除染を一週間で徹底させて、それが済めば刑期を終えるのだ。それぞれの分担を終えてヤマダ所長に呼び出された順から、みんな散り散りにどこかへ消えていくことになる。帰る家のある奴は帰れるが、そうでない者にどこへ行くのかと訊ねることはタブーだった。待っている家族のない者にとっての出所は、必ずしも喜ばしいことじゃない。宮下のことが心配だった。俺はなんとか助けになりたいと思っているが、彼の方は俺がそう思っていることに気づいているのか、迷惑をかけまいと俺を避けているようだった。

除染作業の水の音が敷地のあちこちで響いていた。それに交じって遠くからあの不思議な優しい音も聞こえてくる。なぜだろう、たとえ幻聴でもずっと聴いていたい。この敷地に埋まっている凍土壁やサブドレンは、解体せずにそのままにしておけということだった。イチエフの後を引き継ぐ民間団体がそれらを利用するというのだ。こんなものを使うなんて、いったいどんな団体なのかは知らないが、イチエフを観光名所として存続させるプランを立てている集団らしい。

俺は除染ロボットのラクーンたちを地下の穴の中から引き揚げて、一機ずつ丁寧に機体の除染をした。ロボットの活躍がなければ廃炉は成し遂げられなかった。こいつらもさぞかし疲れているはずだと、ロボットたちに対して労いの情が湧いた。専用のシャワーで機体を洗っているうちに、疲労のせいでうっかり眠ってしまったのだろうか、突然、全身に冷たい水飛沫を浴びてびっくりした。周りの連中が俺を見て笑っていた。おかげですっかり目が覚めた。目が覚めても、あの賑やかな温もりのある音はまだ遠くから聞こえていた。

ヤマダ所長からのアナウンスが流れた。「免震棟」に直ちに全員集合せよとのことだ。いつもならすぐに駆けていくはずが、疲れて体が鉛のように重たい。「免震棟」の中に入っても、遠くからあの明るく優しい音は聞こえていた。どうやら俺の耳鳴りはいよいよ深刻らしい。

普段は看守たちだけが出入するだだっ広い会議室のようなところに、今日は受刑者たちも招き入れられた。ヤマダ所長はかしこまった口調で通達を始めた。

「十二時から記者会見を開きます。歴史的な会見になる。おまえたちは別室に控えていること。追いかけてきた記者から何か質問されたら、返答は辞退すること。いいな？」

廃炉が完了したことが今朝のトップニュースになっていた。昼にはこの広い会議室が各国の記者で埋め尽くされるというわけか。ヤマダはひとつ咳払いをして通達を続けた。

「会見の前に、警察上層部の方々がまもなくご到着されます。きれいな長靴を揃えておいてください。念のため新しい防護服もご用意願います。くれぐれも粗相のないように」

これは看守たちに向けた言葉だった。警察トップの連中の靴が汚れないように、ここで長靴に履き替えさせろという意味だ。廃炉になったとはいえ放射能を心配する者がいるかもしれないから、防護服も準備しておけということだった。

会見の三時間前には、警察トップの男たちが大勢「免震棟」にやってきた。彼らの上質なスーツと革靴があまりにもこの場から浮いていて、まるで宇宙人が現れたようにさえ見えた。ヤマダ所長が体を二つ折りにして深々と挨拶する。俺たちはその様子を遠巻きに眺めた。上層部の人たちの顔は微笑んでいるようにも困惑しているようにも見えて、感情が読み取れなかった。彼らは看守たちの手によってスーツの上から防護服を着せてもらい、長靴も履かせてもらうと、イチエフの敷地を視察した。実際は、俺たちが除染しているおかげで線量は0・08マイクロシーベルトまで下がっていて、防護服など必要なかったのだが。

記者会見は予定の時刻に始まった。看守と受刑者は別室に集められて、そこのモニターから会見を眺めることになった。モニターに映る広い会議室には多くの報道陣が詰めかけて、激しくフラッシュが焚かれていた。メディアの数は日本と海外が半々だろうか。上層部の連中が堂々と真ん中に座り、記者に向かって説明する。難しい専門用語がすらすらと口から出てきて、まるで自分たちが現場に立っていたかのような巧みな口ぶりだ。隅の方でヤマダ所長が小さく座っているのを見ると、俺はなんだか釈然としなかった。廃炉を実質的に担ってきたのはあいつらなんかじゃない。原発作業員と呼ばれていた昔の人々や、看守になる前から東電で働いていた多くのプラント・エンジニア、日本語が分からずに被ばくしたアラブ諸国の難民作業員たち、ウォリアーや魚のアルプスを開発したエンジニアたち、そして俺たち受刑者だ。そんな数え切れない人々の努力と犠牲があって今日があるというのに、まるで自分の手柄のような顔をしてやがる。世界はなんという不条理に満ちているのだろう。俺は圧倒的な権力を前に、もはや憤る気力さえ奪われて体の力が抜けていった。

遠くから再びあの優しい軽やかな音色が聞こえてきた。閉め切ったこの部屋にいてもなお聞こえる。いよいよ俺は頭がおかしくなったのかもしれない。

会見で記者たちから質問があがった。

「廃炉には百年かかると言われていました。それがたった四十年で完了したという今のご説明には、どのくらいの信ぴょう性があるのですか?」

「これまでも政府の発表では、廃炉は常に順調でコントロールされていると言われてきました。しかし実際はそうではありませんでした。今回このような完了宣言をされたのには、政府の意向を汲むような意図がおありなのですか？」

上層部の人たちとヤマダ所長が困ったような顔で答えるなか、海外記者も挙手をして、批判的な質問が相次いだ。

「福島は昨年の猛暑の影響でインバウンド収入が前年比より一％減りましたよね。今回このような会見を開かれたのは、観光客を呼び戻すためのブラフなんですか？」

別室にいる俺たちは質問の内容に耳を疑った。俺たちは嘘をついていると疑われているのか？

「クソ。外野が好き勝手なことを言いやがって」

中塚看守が吐き捨てた。両の拳をぐっと握りしめているのを見ると、悔しさが込み上げてくる。まさかこんなふうに批判されるとは思わなかった。俺ならともかく、看守まで世間から嘘つき呼ばわりされるのは耐えられない。

会見が終わり、ヤマダ所長がやれやれと額の冷や汗を拭きながら、俺たちのいる別室に入ってきた。受刑者たちはいっせいに彼を取り囲み、さっきの会見への不満を口にした。所長ならもっと堂々とした態度で事実だと主張すべきじゃないんですか、上層部までメディアの前でタジタジになって、あれじゃあまるで本当に嘘をついているみたいじゃないですか。怒りを募らせる俺たちを看守がなだめようとする。

ヤマダ所長は会見の時からずっと困った表情を顔に張りつけたまま、俺たちに呼びかけた。

「何はともあれ会見は終わったんだ。今からおまえたちには大切な仕事をやってもらう。ただちに全員、メガフロートに移動すること。大事な仕事だ。気を抜かないように」

大事な仕事っていったい何だよ？　俺たちは怒り冷めやらぬまま「免震棟」を出て、海を目指した。

建屋がなくなった空は、淡く透き通るように晴れ渡り、遠くに広がる冬の海は青黒かった。どうしてだろう、メガフロートが近づくにつれて、あの賑やかな温もりのある音がだんだん大きくなってくる。

海を見晴らすメガフロート、その防波堤の先に無数のクルーズ船が浮かんでいた。肌の色も髪の色も様々な外国人を乗せたクルーズ船。乗客たちはデッキから俺たちに向かって手を振りながら、大声で何かを叫んでいた。それが、ありがとうであることがすぐに分かった。世界中の様々な国の言葉で贈られるありがとう。ずっと耳鳴りだと思っていた優しい音色の正体は、彼らの歓声だったのだ。

「あの方々に挨拶しなさい。それがおまえたちの大切な仕事だ」

ヤマダ所長はそう言って目を細めた。「あの方々は我々をずっと応援してくれていたんだ。夏の暑い日も、雪の日も、真夜中も、イチエフ・クルーズ・ツアーの船の上から我々を眺めながら、廃炉を応援してくれていた。メディアがなんと言おうと、信じてくれる人は信じてくれたんだ」

ヤマダの言葉で俺たちは並んで海に向かって敬礼した。ヘルメットを取って頭上で大きく振る者もいたし、大声をあげて礼を返す者もいた。目の前の光景に心を打たれた。外国人のことをずっと嫌ってきた。

受刑者を見世物にするおもてなしなど、クソくらえだと憎んできた。そんな自分を初めて恥ずかしいと思った。クルーズ船から手を振る外国人たちに、手を振り返す資格は今の俺にはない。

「桃ノ井、世の中は絶望ばかりじゃないんだぞ」

中塚看守が俺の肩にそっと手を置いた。

「俺はこの四十年、先を見たらいつだって真っ暗だった。だが後ろを振り返れば、そこには必ず道が出来ていたんだ。おまえのこれからだって、きっとそうだよ。未来を見ようと思ったら、まずは後ろを見るんだ。なあ、出所しても頑張っていけよ」

今初めて俺は、自分が今まで見てきた世界は、世界のほんの一部でしかなかったことを思い知った。優しくて温かい歓声がこだまする海に吸い込まれそうだった。彼らのありがとうの声は俺の心に永遠に響き続けるだろう。きっと俺は変われる。この声をバネにして変わるんだ。防波堤の向こうの青黒い海は果てしなく美しかった。

第3章

未来へ

15　第二の人生

兄さんが出所する日の昼さがり、私は母さんと一緒に富岡町のアパートの台所で小さなテーブルを囲みながら、玄関のドアが開くのを今か今かと待ちわびていた。

迎えにはあえて行かないことにした。イチエフのゲートで私たちが待っているのを見つけたら、カッコ悪い姿を見られたくない兄さんは嫌がるだろうし、こちらも正直、何と声をかけていいのか分からなかったから。おめでとうもお疲れ様も、あまりふさわしくない言葉のような気がした。

「ただいま」と声がしてドアが開くと、兄さんはまるで普段の服役から戻ってきたような自然な素振りを装っていたけれど、帰り道に泣き腫らしたのか両目が真っ赤になっているのを見たら、私はなんだか笑い出したい気分と、安堵した気持ちと、少しの照れ臭さも混じって、あふれ出したいくつもの感情をどうしたらいいか分からずに、おかえりを返すことができなかった。母さんは泣くまいと決めているのか、涙目をぐっと堪えて笑顔を作ると、「あんたの好きな餃子を作っておいたよ。冷めないうちに食べなさい」と言った。

母さんは今朝から餃子を包み、私も一緒に手伝った。我が家では特別な事があると餃子を包む。それが経済的に苦しかった我が家のお祝いだった。小さなテーブルいっぱいに焼きたての大皿を並べた。醤油とお酢とラー油を小皿に落としてさっそく頂いた餃子は、少し焦がしてしまったせいか苦い味がした。

三年前の朝、パトカーに乗せられていく兄さんの後ろ姿を愕然とした思いで見送った時から、今日までの日々は私たち家族にとって永遠にも思える時間だった。私は焦げのある苦い餃子を噛みながら、まるで忍耐の味みたいだなと思う。箸を動かす兄さんの目は涙ぐんでいた。なにはともあれ、無事に出所することができたのだ。

そして兄さんの出所と時を同じくして、福島に腰を据えた私の新生活も本格的に始まっていた。富岡町のアパートに転がり込むような形で住まわせてもらうことになった。兄さんの部屋だったベッドルームを私がもらい、兄さんはクローゼットで寝泊まりすることになった。クローゼットといってもベッドとデスクが入るほど広々しているから大丈夫。

結局、東中野の家は「国」に売ることにした。家族の想い出が詰まったあの家が誰よりも好きだったはずなのに、意外にも兄さんがいちばん、家を売る考えに乗る気だった。住むところのない貧しいお年寄りに、俺たちの家を提供しようと主張したのだ。民泊で人気の「ナカノ・クラシカル」な地域にも、一軒くらいは国が運営する貧困高齢者のためのシェアハウスがあってもいい。兄さんのその考えに私たちは同意した。

母さんはいったん東京に戻ってきて、書類上の細かい手続きをすべて済ませた。引っ越しの日、がらんどうになった家の中を母娘で見渡した。母さんは泣いていたけど、生まれ育った家を離れるというのに、私は不思議と心の奥がすっきりしたような気分だった。父さんが亡くなった時は信じられないほど泣いた。涙というのはこんなにも流れ続けるのかと、自分でも驚くほど泣いたはずなのに、今では記憶の中の父さんの面影はまるで水の中の絵の具みたいに輪郭がぼやけている。一緒に過ごした多くの想い出さえも薄らいでいくのを感じた。薄情な娘だなと自分でも思うけど、こんなふうに忘れていくのは、きっと私が前を向いて歩いている証なのだと思う。この家には想い出がたくさん詰まっているけど、それ以上にたくさんのやりたいことが、私の未来には待っていた。東京を離れることも寂しくはなかった。友達に会いに戻って来ようと思えばいつでもできるから。東京と福島はそんなに遠い距離ではない。少なくとも私の心の中で二つの街は繋がっていた。

だけど母さんは違うみたいだ。私の何倍も生きて、苦労してきたこの家を離れるのだから当然だよね。目尻の涙を拭い続ける姿を見て、私は少し迷った挙句に訊ねた。

「母さんは本当にこれで良かったの？」

「バカね。親のことなんか心配しないでいいのよ」

目を細めて母さんはそう言って笑った。

「少し感傷的になっただけよ。私はこの家で子供の成長を見守ったんだなって。これからは福島であんたたちの自立を見届けるのよ。お父さんも私たちがどこへ行こうと、天国から応援してくれているわ」

「そんなものかな？」

「そうよ。たとえあんたや大也がお父さんのことを忘れても、お父さんはちゃんと見守ってくれている。

離れていても、親ってそういうものよ」

母さんはそう言って笑いながら再び泣いた。もう笑っているのか泣いているのか分からなかった。

福島での暮らしは規則正しく過ぎていった。

毎朝、私は富岡駅まで兄さんと一緒に歩き、そこでそれぞれ反対方向の電車に乗る。私は双葉の「パンタレイ」へ、そして兄さんはいわきにある専門学校へ通っているのだ。出所してすぐに兄さんは、いったい何を考えているのだか、整体師になりたいと言い出したのだ。

「おやじのようになりたいんだ。今度こそ諦めない」

「この業界は甘くないんだよ。母さんがしてきた苦労を見たら分かるよね？」

すかさず私は念を押してやった。リフレクソロジーの世界はよほど腕が良くない限り、食べていくのは難しいんだよ。

「分かっている。でも俺は天国のおやじからメッセージをもらったんだ。イチエフで医者の後輩とペアを組んでいた。偶然にもそいつと仲良くなったことが、おやじからのメッセージだったんだよ。そいつが整体師の話をした時に、俺の胸が苦しくなったんだ。それがおやじからのメッセージだったと、今なら分かるんだ」

「父さんからのメッセージ？　何を言っているのかさっぱり分からない。でもそんなにやりたいのなら頑張ってみれば？」

そうは言ったものの、私は兄さんの言いたいことが少しだけ分かる気もした。遠く離れていても親は見守ってくれている。母さんが言っていたように、天国から兄さんを応援してくれているのかもね。今なら私にもそれが分かるような気がした。なぜって、兄さんの顔はいつになく明るく自信に満ちていたから。整体専門学校の学費の心配はなかった。東中野の家を売ったおかげで、桃ノ井一家はかつてないほど経済的に潤っていたのだ。これで「パンタレイ」にかかる経費も捻出できそう。天国の父さんに感謝した。

十二月も半ばを過ぎると、世間はクリスマス・ムード一色に包まれた。年末に向けて町は慌ただしくなる。

「パンタレイ」のオープン日はみんなで話し合った末に、大晦日に決めた。今週から駒田さんの弟さんの翔くんも、高校が冬休みになったのでクルーに加わってくれていた。明るく元気いっぱいで、しかも真面目。十七歳にしては大人びた雰囲気の翔くんは、きっとお客様から好かれるに違いない。基礎から指導するおもてなしのマナーも飲み込みが早かった。私は翔くんにかつての自分を重ね合わせた。私も高校最後の冬休みにこの世界に入った。月日は長いようでいて、振り返れば短いのかもしれないね。でも人は必ず成長を続けているんだ。だから翔くんも頑張るんだよと、私は心の中で彼の背中を押す。

駒田さんと及川さんのおかげでレシピもそろった。味噌スープのレパートリーを当初の予定よりも格段に増やすことができたけど、これには二人の腕だけでなく、福島の豊富な食材が味方してくれたことも大きかった。福島は日本でいちばん「食」を大切にする地域だから。ここは長いこと風評被害に苦しんできた歴史がある。瑠璃さんが子供の頃でさえまだ偏見は残っていて、福島の野菜やお肉やお魚を食べたら内部被ばくしてしまうと言われたそうだ。今なら間違いだと分かるのに、当時は日本だけでなく海外でも、フクシマの食べ物のせいで病気になったニッポン人を描いた漫画や小説が創られて、まるでそれが偏見ではなく告発であるかのように世界でもてはやされたという。悔しかった。この地域の人たちは国内外に流布するそんな風評に負けまいと、食の安全に取り組んできた。何度挫かれてもめげずに今日までやってきた。だから福島は「食」への愛があふれている。

「広告を出してもらえることになりました！　なんとあの『モール・オブ・ナミヱ』のデジタル・サイネージで流してもらえることになったよ」

瑠璃さんがみんなの前で報告した。今どきBBスクリーンのない、過去にタイムスリップしたような和風レトロなダイナーというアイデアが、スポンサーから興味を持たれたそうだ。嬉しそうに話す瑠璃さんは笑顔が少しずつ出せるようになってきたみたいだ。友達としては彼女の人を寄せつけないクールさもカッコいいと思うけど、おもてなしはやっぱり愛嬌が勝負だよ。「モール・オブ・ナミヱ」は私と瑠璃さんが初めて一緒に出かけた場所だった。あんな広いモールに広告を出せるとは、このチャンスを活かさない手はない。私はみんなに提案した。

「大晦日はオープニング・イベントをやりませんか？　その方がさらなる宣伝になると思うの。私に任せてくれませんか？」

私が具体的なプランを話すと、及川さんと翔くんは唐突なアイデアにびっくりしていたけど、瑠璃さんと駒田さんは賛成してくれた。ジュジュさんからよく話を聞いていたあの人に、私も会いたいと思っていたの。瑠璃さんはそう言うと、先ほどよりも笑顔をはっきり顔に浮かべた。

サヤカさんをイベントのゲストに迎えたいと思っている。十日ほど前に退院したサヤカさんは、早くもボイストレーニングを始めていた。「オリエンタルズ」は脱退して、なんとこれからはソロで活動するらしい。所属する事務所は彼女を応援してくれるそうだ。「まき坊」の修理代も払ってくれたという。「一年近くも入院して、誰もが引退するものとばかり思っていた芦田サヤカが、ソロ活動に転じた」とメディアはこぞって報じた。十五歳でアイドルを始めて、芸能生活四十周年の彼女を事務所もそう簡単に見捨てるわけにはいかなかったのだと、意地悪く言う記者もいた。私は理奈おばちゃんのお見舞いに行くたびに、サヤカさんの病室にも足を運んでいたことで、今では互いに親しくなっていた。先日も「メテオ」で少し話をしたけど、とても顔色が良かった。サヤカさんはもう二十歳のルックスをしていない。髪には白髪があり、目尻や額には皺が目立つ。「これで私もやっと五十五歳に戻れたわ」サヤカさんはそう言って、どこか吹っ切れたように笑っていた。プロテインが体から抜けたことで、本来あるべき自分の体を取り戻したと考えているんだって。

多くの医者たちが「レヨンダ７」の副作用の原因究明に携わったけど、完全解明はできないまま今回の騒動は幕を引かれた。週刊誌には「プロテインやビタミン類をはじめとした多くの油溶性成分の過剰摂取が、今回の集団副作用を引き起こした原因であると思われる」と難しい論調で書かれていた。「尿や汗で排出されない油溶性の成分は体内に蓄積されていき、ある時を境に体内で臨界点に達する。その典型的な副作用は意識障害であるが、その時期を予測することは医者にも不可能である」と弁解したような記事もあった。

結局、二五五名の芸能人が今回の副作用の被害に遭った。幸い、亡くなった人はいなかった。解毒点滴は効果をあげて、ほとんどの人が回復することができたけど、なかには軽い後遺症が残ってしまった人もいて、手指の痺れが時々あるらしい。同じ時期に大勢の人にいっせいに副作用が現れたのは、彼女たちが「レヨンダ7」を飲み始めた時期が同じだからだろう、と言われていた。

何はともあれ、みんな元気になったのだからめでたしめでたし、とは私には思えなかった。製薬会社も厚労省も結局、今回のことに対していっさいの責任を問われなかったのだ。多くの人が病気になったのは、明らかにあのソフトカプセルが原因なのに、副作用の症状との因果関係が認められないんだって。昏睡や胸の痛みや暴力衝動など、人によって症状の出方もまちまちで、しかも副作用が出ない人もいる。「絶対にこれだ！」とサプリと副作用を結びつける決定打がないんだって。メディアの前で一度は謝罪した大臣たちも、その後は難し言葉をいくつも重ねて、この件をうやむやにした。

「レヨンダ7」を今も飲み続けている芸能人は意外と多い。「オリエンタルズ」のメンバーも今でもきちんと一日六回、二錠ずつ服用しているそうだ。あんなことがあったのに信じられない。

「みんな自分だけは大丈夫だと思うものなのよ」

サヤカさんはどこか達観したようにそう言った。「自分の身にさえ『事故』が起きなければ、他人事だと思ってしまうの。それにもう長いこと、あのサプリを飲むことは習慣づいていたからね。人はそう簡単に習慣を変えられないものなのよ」

サヤカさんはもう今までのようなアイドルには戻れなかった。ルックスが五十になった彼女は、いまだに「レヨンダ7」の力を頼って二十代を保っている女の子たちと並んで、歌ったり踊ったりはもはやできなかった。声質も変わってしまった。今までみたいに若く可愛らしい高いトーンは出せないのだ。

「今までずっと、アンドロイドに仕事を奪われて悔しい思いをしてきたわ。でも本当は、私たちの方がアンドロイドだったのかもね。今ようやく気づいたの」

「メテオ」越しに映る音楽スタジオで、サヤカさんは遠くを見つめるような表情でそう呟いた。


十二月二十八日。オープニング・イベントを三日後に控えた午前中。瑠璃さんが新しいアルバイトをひとり雇うと言い出した。「モール・オブ・ナミヱ」に出した広告が思いのほか反響があってご予約が多く入ったおかげで、イベント当日の人手が足りなくなりそうだと言うのだ。もちろん予約なしでも歓迎だから、そうなると当日はお客様が殺到されるという嬉しい事態も想定して、今からテーブルの数を増やしておいた方がいいだろうか。食材の大幅な追加も今ならなんとか間に合いそう。敏腕マネジャーの瑠璃さんは、新しいアルバイトはじつはすでに探してきていて、さっそく昼にはここに来るのだと話した。「おもてなし初心者だけど、力仕事には慣れている人だから大丈夫よ」

そして約束の時刻の五分前に、その人は店に現れた。

「いやあ、ジュジュちゃん、久しぶり。まさかおじさんのことを呼んでくれるなんて思わなかったよ。嬉しい限りだねえ」

宮下のおじさんだ。なんてサプライズだろう。瑠璃さんの魂胆にしてやられたと、私の頬に笑みがこぼれる。

「出所おめでとうございます」

「ありがとうね。ようやく自由の身になりました。それにしても『ふたば食堂』の頃とずいぶん変わったね。急におしゃれな店になっちゃって、おじさん気おくれしちゃうよ」

宮下さんはレトロ・カジュアルな店内の様子を興味深げに見渡した。

「何言っているの。お客様じゃないんだから。さっそく今日からこき使うわよ」

瑠璃さんが腰に手を当てて勝ち誇ったような口調で言った。マクスウェルの管理人じゃないんだからその態度はダメだよと、諭す私を見て宮下さんは可笑しそうに笑う。

「瑠璃ちゃんはこの前会った時よりも、生き生きしていますね。髪も束ねてすっきりした印象になったね。だけど口の悪さと愛想のなさは相変わらずだ」

「それはお互い様よ。宮下さんの働きぶり次第では、うちで正式に雇ってあげてもいいと思っていたけど、どうやらそれはなさそうね」

憎まれ口を叩いているけど、瑠璃さんは宮下さんの社会復帰を応援していたのだと分かった。まるで歳の離れた親戚のような仲の良さ。考えてみれば、私よりも宮下さんの方が彼女とは長い付き合いなのだ。

「ところで、うちは高い時給は出せないのだけど、来てもらって大丈夫だったの?」

瑠璃さんは声を落とすと訊ねた。

「ありがたいことに、看守の中塚さんから色々と面倒をみてもらっているからね。当面の生活はなんとかなりそうです」

服役中に宮下さんが暮らしていたアパートは、警察のものだから出所と同時に出なくてはならなかった。今は中塚さんという人が保証人になって借りてくれた楢葉町のアパートに、出所した人たちと身を寄せ合っているのだと話した。みんな第二の人生に向けて準備しているそうだ。

「住まいを支援してくれるなんて、その看守は優しい人なんですね」

詳しいことは知らないけど、中塚さんという名前だけは兄さんから聞いたことがあるような気がする。

「立派な人ですよ。でも正確には元看守ですけどね。彼ももう引退したからね。原発作業員だった頃からイチエフに務めてきて、廃炉も見届けたことだし、これからは老後をゆっくり過ごすそうです」

「ところでイチエフは今どうなっているんですか？」

「日本中からアーティストが大勢やってきています。あの場所を人気の観光スポットとして存続させるために、新しいプロジェクトを始動させるそうですよ。俺たちが必死に廃炉にしたイチエフを今後はデジタル・アートの力で蘇らせるんだとさ。さすが浮世離れしたアーティストはおめでたい発想をするよねえ」

宮下さんはそう言って呆れたように肩をすくめたけど、詳しい話を教えてもらった私はワクワクして鳥肌が立った。それは負の遺産を未来の幸せに繋げるプロジェクト。アーティストたちは震災直後から撮りためてきた膨大な写真や画像をどうにかして利用できないかと考えたそうだ。歴史資料ではなく観光資源にしたいと。それらをベースにプロジェクション・マッピングやVRを作製して、震災から廃炉までの四十年をリアル体験できるアトラクションを誕生させるのだという。VRで再現されたイチエフで大地震に揺られたり、ロボットと一緒に廃炉作業に参加したりする疑似体験ができるそうだ。すばらしいプロジェクトだと私は思った。なぜって世界中の人たちがアトラクションを通して同じ体験ができれば、震災は風化しないと思うから。今は廃炉が昨日のことのように思えても、やがては遠い過去になっていく。兄さんや宮下さんや看守たちが成し終えたことも、いつかは遠い過去の出来事になっていく。そのプロジェクトをやらなければ、かつてイチエフがどんな場所だったのか、そこにどんな人たちが関わっていたのか、誰も知らない時代がきてしまう。私はそんな未来になってほしくない。

「アートにはそんな意義もあるんですかね」

宮下さんは首を傾げて私の考えを聞いていた。

「そういえば、中塚さんもプロジェクトに賛成していたな。中塚さんには昔、原発作業員として一緒に働いていた弟さんがいらしたのだけど、亡くなってしまってね。でもそのアトラクションがVRで昔の作業員を蘇らせてくれるおかげで、また弟さんに会えるのだと言って、とても喜んでいましたよ」

宮下さんは何か思うところがあるらしく、静かにため息をついた。

オープニング・イベントの準備は、力持ちがひとり増えたおかげで一気にはかどった。サヤカさんが歌うステージを設営するのには、翔くんと私だけでは大変だったからだ。増設したテーブルも、お客様がどの席からでもステージがよく見えるように配置を変えた。店の裏にあった野菜を運ぶための荷台も改造して、お料理を運ぶためのカートに早変わりさせた。宮下さんはふと手を止めると、思い出したように言った。

「そうだジュジュちゃん、お兄さんに伝えておいてよ。おじさんは今、鴨志田という人と、代々木という人の三人で楢葉町にいます。代々木君はお兄さんが整体の学校に通っていることをとても喜んでいるとね。彼はボランティア活動のプランを練るまで楢葉にいるから、いわきの学校の帰りにでも寄ってやってくださいな」

伝えておきますと私は頷いて、ステージの上からライトを灯して点灯具合を確認した。大晦日が待ち遠しい。

16　2052年、大みそか、福島

あと一時間足らずで今年も終わり、2052年がやってくる。

大晦日限定の味噌スープが出来上がりましたと、シェフの及川さんと駒田さんが厨房からホールのクルーに呼びかけた。急いで厨房に向かい、お椀を受け取る。地元の酪農家から取り寄せたカッテージ・チーズ。それを海老とブロッコリーと合せて爽やかな酸味のあるチーズ風味の味噌スープに仕立てた。お椀の上から金箔を散らせば、新年を迎えるのにふさわしい豪華な一品になる。

「炊き込みご飯はいかがですか？　味噌スープとよくあいますよ」

私は大きな鉄の釜をカートにのせてホールを回った。お客様の目の前で、炊き込みご飯をお茶碗に盛って手渡すと喜ばれる。オープニング・イベントに集まってくださったお客様は約百人。日本人と外国人が半々だ。日本人はほとんどが地元の浜通りの方だけど、外国人の方はBBスクリーンがないから、どちらからいらっしゃったのか見当がつかなかった。テーブルを周りながら、私はターバンを頭に巻いた旦那様とサリーを着た奥様に話しかけた。そうしたらなんとお二人はインド人ではなく、生まれも育ちもメルボルンの生粋のオーストラリア人だとおっしゃった。しかもご夫婦ではなく双子の御兄妹。BBの「プロファイリング・デバイス」がない世界は意外性に満ちている。

店の入り口ドアが開くと、巨大な犬張り子が首を振ってお客様をお招きした。なんと嬉しいことに、東京から大切な人たちが来てくれた！

「理奈おばちゃん！　それにサーシャも！」

「すてきなお店じゃないの、ジュジュちゃん」

二人は「まきや」の仕事を休んで、わざわざ「パンタレイ」の開店祝いに駆けつけてくれたのだった。

二人は厨房に駒田さんが立っているのを見つけると、ひっくり返りそうになって驚いて、それからげらげら笑い転げた。駒田さんも照れ臭そうに笑っている。挨拶に出てきた翔くんは、名乗る前に弟だと見抜かれた。お姉さんに顔がそっくりなのだ。駒田姉弟がなぜここにいるのか説明する言葉など、必要ないみたいだ。「まきや」のクルーたちは、離れてもやはり仲間なのだった。

「入口に立っているあれは何なの？　招き猫かと思ったら犬だわ」

サーシャは張り子を気に入ったらしく、上下に揺れる犬の頭をメテオで撮影していた。おばちゃんは店内をそわそわしたように見回していた。

「これから年越しイベントが始まるんでしょう？　あたし『パンタレイ』の一日クルーになっちゃおう

かな？　お客様を見ると体が勝手に動いてしまいそうよ。おもてなしはもはや職業病ね」

「いえいえ、おばちゃん。今夜はお客様としてくつろいでくださいな。無理したら疲れてしまいますよ」

私はおばちゃんを無理やりテーブルにつかせた。プロテインをきっぱりやめたおばちゃんは、サヤカさん同様に、本来の年齢を取り戻していた。小さな顔には皺が目立つようになり、髪は白髪が増えていた。体もなんだか一回り縮んだような気がする。それでもおばちゃんの笑顔は弾けるように明るくて、なんだか前よりも幸福そうに見えた。

百名すべてのお客様のテーブルに味噌スープをお運びし、炊き込みご飯も配り終えると、店内がざわつき出した。いよいよカウントダウンの時刻が近づいたのだ。

瑠璃さんが店の奥からマイクを持ってきて、私に握らせた。緊張で自分の手が震えているのが分かった。深呼吸して心を落ち着かせる。さあアナウンス開始だ。

「みなさま、あと三十秒で、新しい年が始まります。カウントダウンのご準備はいいですか？　お待ちかねのゲストが登場いたしますよ。さあ、ご一緒に！」

「スリー、ツー、ワン！」

「ハッピー・ニュー・イヤー！」

２０５２年の幕が開けた。

大きな歓声とグラスを触れ合わせる音が辺りに響くなか、ステージにライトが灯る。美しいドレスをまとったサヤカさんが登場した。サヤカさんの目は涙で潤んでいた。

「みなさま、あけましておめでとうございます。わたくし芦田サヤカは、長かった闘病生活からついに復活しました！　私の歌を聴いてください。これからも命ある限り歌い続けます！」

割れんばかりの拍手が沸き上がるなか、前奏が流れ、彼女は歌う。

サヤカさんの歌声はハスキーだけど味があって、まるでコクが深いスープを堪能しているような気分にさせてくれた。高いキーが特徴だった去年までの若い声とはずいぶん違っていた。大変だったこの一年の間に、サヤカさんは声もルックスも成熟した女性へと脱皮していたのだ。

瑠璃さんがそっと近くに来ると、私の耳元で「うちの店、話題になっているよ」と囁いた。テーブルクロスと同じ唐草模様のエプロンのポケットから「メテオ」を出して、画面を宙に拡大すると、「パンタレイ」がニューズフィードのトップに躍り出ていた。世界中の何千万もの人々がライブ中継で、今この瞬間、サヤカさんの歌を視聴している。仕掛けたのは私たち。あまりに狙い通りの展開に嬉しくて、ホールの隅で互いに思い切りハグをした。

あの「モール・オブ・ナミヱ」のデジタル・サイネージに「芦田サヤカ復帰ライブ」の一文を入れてほしいと、瑠璃さんに頼んだ。すると芸能記者が飛びついてきた。多くのアイドルが「レヨンダ7」の副作用の被害に遭ったあのニュースは日本だけでなく、世界に広く報じられていた。若さと美貌のために健康を犠牲にするニッポンの芸能人の姿は、海外の人たちから批判され、同時に共感もされた。一年も昏睡状態が続いていたジャパニーズ・アイドルが、フクシマのダイナーで復帰ライブを開くというニュースはたちまち世界を駆け巡った。「パンタレイ」にとってこれ以上の宣伝はない。

今、歌っているサヤカさんの曲は、すべて彼女が作詞作曲したものだった。これまで世に出すこともなく密かに温め続けてきた。それを今すべて、世界に向けてリリースする。ライブ中継のビュワーの数はさらに伸び続けていた。復帰ライブは大成功だよ、サヤカさん。世界中があなたの歌に酔いしれている。

「これでサヤカも一躍、世界的な歌手になれるのかもね。『オリエンタルズ』のリーダーとしてもがいていた頃よりも、脱退した今の方が有名になるなんて、あの子がいちばん驚いているんじゃないかしら」

理奈おばちゃんはそう言って涙ぐんでいた。

「私は誤解していたのかもしれない。人間のアイドルの歌に感動する人が、世界にはこんなに多くいたんだね」

サーシャが興奮で頬を紅潮させながら、目の前のステージと「メテオ」中継を交互に眺めていた。ビュワー数は止まることなく伸び続けていて、数字が一桁増えるたびにホールのお客様から歓声があがった。この一体感がたまらなく好き。人種も国籍も越えて、福島と世界が今、繋がった。

「もうすぐ初日の出だわ」

瑠璃さんが窓の外に目をやった。東の空が明らんできた。福島の初日の出はどんな色をしているのだろう？　２０５２年も良い年にしたい。あけましておめでとう。

主要参考図書

『新・観光立国論』デービッド・アトキンソン著　東洋経済新報社 2015

『ハラールマーケット最前線』佐々木良昭著　実業之日本社 2014

『となりのイスラム』内藤正典著　ミシマ社 2016

『１０年後の仕事図鑑』落合陽一、堀江貴文著　ＳＢクリエイティブ 2018

『原発アウトロー青春白書』久田将義著　ミリオン出版 2012

『ゲンロン０―観光客の哲学』東浩紀著　ゲンロン 2017

『原発ゼロ、やればできる』小泉純一郎著　太田出版　2018

『いちえふ　福島第一原子力発電所労働記１』竜田一人著　講談社　2014

『いちえふ　福島第一原子力発電所労働記 2』竜田一人著　講談社　2015

『いちえふ　福島第一原子力発電所労働記 3』竜田一人著　講談社　2015

『福島第一原発観光地化計画』東浩紀ほか著　ゲンロン　2013

『福島第一原発観光地化計画の哲学』東浩紀ほか著　ゲンロン　2014

『すごい廃炉―福島第１原発・工事秘録〈2011~17 年〉』
篠山紀信（写真）、木村駿（文）日経コンストラクション編　日系ＢＰ社　2018

『新復興論』小松理虔著　ゲンロン　2018

『福島第一原発廃炉図鑑』開沼博、竜田一人、吉川彰浩著　太田出版　2016

『決定版　原発の教科書』津田大介、小嶋裕一著　新曜社　2017

カワカミ・ヨウコ

1975年、神奈川県生まれ。ニューヨーク州立大学にて学士号、サンフランシスコ州立大学にて修士号を取得する。専攻はともにジェンダー学。911をアメリカで経験する。ニューヨーク州北部で女性のための健康NPO団体「Planned Parenthood」 に勤務。サンフランシスコ州立大学でゲストスピーカーを二度務める。311後は小説の糧を探しに、世界中を旅している。

おもてなし2051 みらい・ニッポン・観光《かんこう》地《ち》化《か》計画《けいかく》

2020年5月24日　初版第1刷

著　者　カワカミ・ヨウコ
発行人　松崎義行
発　行　みらいパブリッシング
〒166-0003 東京都杉並区高円寺南4-26-12 福丸ビル6 F
TEL 03-5913-8611　FAX 03-5913-8011
編　集　吉田孝之
イラスト　ひじやともえ
ブックデザイン　洪十六
発　売　星雲社（共同出版社・流通責任出版社）
〒112-0005 東京都文京区水道1-3-30
TEL 03-3868-3275　FAX 03-3868-6588
印刷・製本　株式会社上野印刷所

ISBN 978-4-434-27477-0 C0093